周绪红　著

平凡的世界会有人懂你

——周绪红任重庆大学校长期间寄语新生和毕业生

重庆大学出版社

图书在版编目（CIP）数据

平凡的世界会有人懂你：周绪红任重庆大学校长期间寄语新生和毕业生 / 周绪红著. -- 重庆：重庆大学出版社, 2018.9（2018.11重印）

ISBN 978-7-5689-1120-7

Ⅰ.①平… Ⅱ.①周… Ⅲ.①演讲—中国—当代—选集 Ⅳ.①I267

中国版本图书馆CIP数据核字（2018）第114803号

平凡的世界会有人懂你

——周绪红任重庆大学校长期间寄语新生和毕业生

周绪红　著

责任编辑：陈　力　　版式设计：陈　力

责任校对：张红梅　　责任印制：邱　瑶

*

重庆大学出版社出版发行

出版人：易树平

社址：重庆市沙坪坝区大学城西路21号

邮编：401331

电话：（023）88617190　88617185（中小学）

传真：（023）88617186　88617166

网址：http://www.cqup.com.cn

邮箱：fxk@cqup.com.cn（营销中心）

全国新华书店经销

重庆俊蒲印务有限公司印刷

*

开本：940mm×1360mm　1/32　印张：5.625　字数：75千

2018年9月第1版　2018年11月第2次印刷

ISBN 978-7-5689-1120-7　定价：38.00元

序

PREFACE

大学校园“迎来送往”，永远活跃着20岁左右的年轻人，洋溢着青春的活力。能见证孩子们从刚入学时懵懂羞怯到毕业时成竹在胸的蜕变，是教育工作者一种特有的幸福。每年的开学典礼和毕业典礼是同学们人生转折的重要里程碑，也是大学校长履行教书育人崇高使命的重要时刻。所以，每年的开学典礼和毕业典礼，我都会精心准备一段演讲，寄语新生和毕业生。在开学典礼上，最重要的演讲内容是帮助同学们实现从高中生到大学生的转变，或者从本科生到研究生的转变。我向同学们介绍大学的历史、大学的精神，让同学们了解和认识自己的大学，进一步激发学习的热情，开启人生新的奋斗旅程；还告诉大家应该“怎样做学问”，怎样更好地把握大学时光，“莫让芳华负朝夕”。在毕业典礼上，我叮嘱同学们把握初心、青春不逝，让同学们认识自己和了解社会，点燃青春的火焰，提振走向社会的自信和勇气；还要倡导做人做事的价值取向，与同学们共勉“平凡的世界会有人懂你”，期待大家“聚是满园黄葛，散是缤纷四季”。

作为校长，给同学们上好在大学教育阶段的第一课和最后一课，是我的重要职责。这是因为开学典礼与毕业典礼是大学教育的重要环节，校长的演讲具有重要的育人作用和弘扬大学精神、传承校园文化、呼应时代主题的重要功能。同时，校长的演讲不只是给同学们上课，也是社会观察大学和大学引领社会的窗口。近年来，大学校长在开学典礼和毕业典礼上的演讲，受到社会的广泛关注，其背后的大学价值取向被社会公众十分看重。我演讲的主要宗旨是探索大学之道与彰显时代精神，尽力做到主题明确，内容充实，避免官话套话，减少说教，贴近学生，突出精神内涵，思考人生意义，激励同学们自信、从容、勇敢地迎接新生活和新挑战，并向社会传播正能量和正确价值观以及大学的社会责任，使学生和社会受到感染并产生共鸣。

我是恢复高考后的第一届大学生，我高考那年，家乡湖南有63万余人报考，录取率仅3.8%，而我成了其中的幸运儿。入学后，我倍加珍惜这来之不易的学习机会。当时流行叶剑英元帅的一首名为《攻关》的诗：“攻城不怕坚，攻书莫畏难。科学有险阻，苦战能过关。”这首诗成为我大学时代的座右铭。我把它写在几乎每一个本子、每一本书的扉页上，时时刻刻勉励自己勤奋学习、永攀科学高峰。我从上大学到如今，已经整整40年了。40年后的今天，上大学对于大多数年轻人来说不再是难以企及的梦想，也不再是改变命运的唯一途径。从某些意义上来说，大学教育不再属于精英教育。但面对日新月异的世界，面对社会对人才需求的愈发多元，培养什么人、怎样培养人的问题让许多老师和学生陷入困惑。但我认为，不管世事如何变迁，总有一些“准则”是不应该改变的。譬如学习的本事、做事的本领、做人的本真；又如勤奋专注、功不唐捐；追求真理、守正创新；再如志存高远、

家国情怀。而大学正是将这些“准则”埋入年轻人心田的最好时期，是砥砺品格、三观发展的关键阶段，是学习知识、探究真理的重要场所。不论时代如何变化，立德树人始终是高校教育之本，始终是大学的“初心”。如果把这些“准则”比喻为一颗颗闪亮的珍珠，这里每一篇演讲的主题就是不同的金丝线，选一根金丝线，撷几颗珍珠，就能成为一条美丽的项链。变化的是“项链”，永恒的是“初心”。

我曾在四所大学担任校领导，重庆大学是继长安大学、兰州大学后，我担任校长的第三所大学。她底蕴深厚、特色鲜明，走进校园仿佛就能感受到“扑面而来”的精神和文化气息。本书收录了我任职重庆大学校长期间在开学典礼和毕业典礼上的14篇演讲稿，反映了我对重庆大学精神文化和办学理念的学习、理解、感悟和提升。当然，也包含了我在四所大学担任领导工作以来，对大学精神、教育的本质和育人理念的一些认识和理解，还折射出我个人对人生的某些思考。本书取名“平凡的世界会有人懂你”，包含了我最喜爱的书名——路遥先生的《平凡的世界》，书名本身就是我的一种人生感悟。虽然我知道，“世界上最傻的事，就是对年轻人掏心掏肺讲道理”，即便是“若干年后没有谁会记得我今天讲了什么”，但我依然期望，每一位走进或走出大学校门的孩子，都能找到真正懂自己的人。

其实，要出版这本小册子，我十分忐忑。一是这些演讲大都是在开学和期末的百忙中仓促拟就，难免存在错误或不足；二是对有些问题缺乏深入思考和研究，理解或表达难免有失偏颇。好在书稿编辑出版过程中，得到了有关领导、同事和出版社的鼓励，使我增强了信心。我十分感谢为本书的面世做出努力的各位同事，感谢重庆大学出版社各位工作人员的辛苦工作，感谢武警重庆总队原政委、军旅书法家董书民少将为本书题写书名，感谢《重庆日报》等有关媒体和社会各界多年的支持。如果这本书能够帮

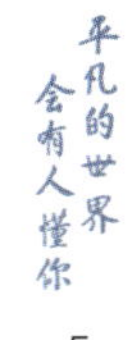

助唤醒在校大学生和离开校园的毕业生对学习、对工作、对生活最简单的初心，给困顿者以力量，给夜行者以指引，于愿足矣。

周绪红

2018年8月于重庆

目 录

CONTENTS

C O N T E N T S

CONTENTS

PINGFAN DE SHIJIE
HUI YOU REN DONG NI

聚是满园黄葛，散是缤纷四季

——在重庆大学2017届学生毕业典礼上的讲话

重慶大學
重慶大學
1929
CHONGQING UNIVERSITY

PINGFAN DE SHIJIE
HUI YOU REN DONG NI

2017年6月28日

亲爱的同学们：

春花尽，夏荷起，当学位帽在蔚蓝的天空画出优美的弧线，毕业这一刻已悄然而至。这一刻，经过了你们多少日子的默然坚守；这一刻，看到了你们多彩青春的华丽绽放。让我代表学校向你们送上最衷心的祝贺，祝贺你们圆满完成学业，祝贺各位“上仙”历劫飞升“上神”[1]！

毕业当然也伴随着离别。在这离别的时刻，别忘了用力拥抱身边的同窗，你们可能彼此见证了对方最“傻白甜”[2]或最“呆蠢萌”[3]的时光，这回忆将随时间流逝而愈觉芬芳；也请拥抱帮助你们一路走来的

[1] 源自当时热播的电视剧《三生三世十里桃花》，“上仙”要经历劫难才能修炼成为“上神”，比喻同学们经过四年努力终于可以毕业了。

[2] 网络语言，形容单纯可爱的姑娘。

[3] 网络语言，形容憨厚可爱的小伙子。

老师，他们或许有些唠叨，或许经常布置一些颇为“刁难”的作业让你们深夜难以入眠，可那些知识和经验都会成为你人生难得的宝藏。

这些年，也许你们渐渐地习惯了这里的生活与气候，习惯了重庆无辣不欢的饮食，习惯了这座导航都会迷路的城市，也慢慢爱上了这所底蕴深厚的大学。在课堂上，你们细心聆听老师的教诲，不断汲取知识的养分；在实验室里，你们虚心请教学长学姐，慢慢品味学术研究的魅力；在图书馆里，你们徜徉在书籍的海洋，感受着书香带给内心的静谧与美好；在团队里，你们学会与人沟通交流，理解了合作的力量；在讲座中，你们接受大师的熏陶，渴望站在他人的肩膀上鸟瞰整个世界；在体育场上，你们尽情挥洒汗水，享受运动带来的酣畅。那时候，你们总觉得时间很慢，日子还长，没想今天过后，你们就将背起行囊奔向远方。

有人说，世界上最傻的事，就是对年轻人掏心掏肺讲道理。可每年这个时候我都要“犯傻”一次。即便我知道，若干年后没有谁会记得我今天讲了什么，我也希望我的叮嘱能让你们少撞南墙。同学们当今面临的世界和我年轻时早已不可同日而语，这的确是一个飞速发展的时代。当我们还在把人工智能作为科幻小说和电影的主角时，阿尔法狗已经打败了世界围棋冠军，技术革命成为改变世界固有格局的重要驱动力。这个时代为我们施展才华、实现抱负提供了更为广阔的平台和更多可能的选择。但与此同时，我们的社会正经历急剧的转型，社会结构、行为方式和价值观念等各方面交叠变化，这些都考验着我们是否有着良好的心态、成熟的心智和正确的价值观，这是我们做人的根本，不管世事如何变迁，我们必须把根守住。

说到“根”，我就会想起校园里的黄葛树。校园里到处可见黄葛树趴在石坎上生长的独特景观，它根系发达，盘根错节地紧紧扎进石头缝隙里，屹然而立。它生命顽强，不怕土质瘠薄，不怕干旱高温，耐潮湿，抗污染，四季常青，枝繁叶茂，即使置身于悬崖峭壁，也迎风昂首、茁壮成长。有人说，黄葛树有“记忆”，什么季节栽种，就什么季节落叶，不因外界时令的变化，不

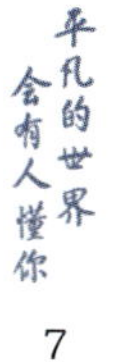

畏秋风扫落叶，自有自的节奏。我们常常在校园里看到"四季同框"的景象，这棵黄葛树正郁郁葱葱，而那棵正在落叶飘零，旁边一棵却在吐露新芽。甚为奇妙的是，黄葛树一边落叶又一边生出新叶，鹅黄嫩绿同现枝条，生死相连没有距离，生命的接力成为奇迹。从小到大，我们赞美过太多的植物。我们爱"竹"的坚韧，"千磨万击还坚劲，任尔东西南北风"；我们赞"松"的长青，"不以时迁者，松柏也"；我们敬"杨"的挺拔，"参天耸立，不折不挠"。然而，少有人将目光投到黄葛树上。但黄葛树自有它的精彩，我赞美它"坚韧顽强"，但更赞美它"保持节奏，坚守本色，从容笃定"。黄葛树是重庆的市树，它象征着重庆人民勤奋、勇敢、顽强的精神品质，我们要像黄葛树一样面对这个飞速发展的时代。

这个时代或许有些"焦急"，要像黄葛树那样活出自己的节奏。

很多人说，这是一个"快"时代。出门远行时，我们选择最快的交通工具；读书求知时，我们希望最快圈出要点。我们经常满怀焦虑、害怕挫折、寻求捷径，只希望年纪轻轻就以最快的速度走上人生巅峰。而生活也确实给了我们焦虑的理由：求职、买房、婚姻、养老……种种愁绪“才下眉头，却上心头”。《人民论坛》最近一项调查发现，超过六成人认为自己的焦虑程度较高，89%的人认同“全民焦虑”已成为当下中国的社会通病。

事实上，人生的每个阶段都值得我们细细品味，正如一年四季，人生时时有风景。回顾大学时光，登上领奖台接受表彰和喝彩当然是难忘的时刻，但我也同样欣赏同学们夹着书冒着严寒或酷暑走向图书馆、自习室的身影；在万众瞩目的舞台和赛场上挥洒青春热情当然是值得珍藏的回忆，但我也同样欣赏在实验室里默默无闻却勤奋努力的你。最近，相信每个重大人都被一则新闻所振奋，“重庆大学牵头设计月面微型生态圈，有望在月球上种出第一朵花”；然而，在这获得巨大成就的背后，又有多少不为人知的艰辛。

在每个阶段，都不要质疑你的付出，这些都会是一种累积，一种沉淀，它们会默默为你铺路，只为成就更优秀的你。人生没有白走的路，一步一个脚印，每一步都会算数。在学习期，我们虚心求学不问回报；在积累期，我们静静蛰伏积蓄能量。或许我们离所谓的成功还有很长的路要走，无须焦虑，就像黄葛树一样，自有自的节奏和定力，在自己的时区里，一切安排都会准时。

这个时代或许有些“喧闹”，要像黄葛树那样活出自己的精彩。

互联网时代，我们越来越喜欢用“秀”定义生活，秀美食、秀美景、秀恩爱、秀情怀……不管这“秀”的背后是管中窥豹还是虚幻的美化，有些人总羡慕“别人的朋友圈”。同样，互联网时代，我们学会了快速地用微信将自己接收到的观点不假思索地传播出去，我们学会了给一些人和事物打上标签拒绝进一步认知，也让每个人都能用手机向全世界发表自己的观点。但事实上，我们却渐渐地认知趋同，抑或“心理共振”、人云亦云。在这样的喧闹中，我们天天捧着手机过日子，几乎没有时间稍许沉默、独立思考和理性判断。

在这个眼花缭乱的时代，有些人会越来越迷茫，甚至在亦步亦趋的模仿中丧失自我。因此，越是浮躁的环境，我们越要像黄葛树一样，坚守自己的本色和正确的价值观，收回流连在“别人的朋友圈”里的眼光，做自己想做的，改变能改变的，容忍不能改变的，少一些抱怨，多一些进取，不要迷失方向，更不要迷失自己。

世界变得越来越小，人们的价值观却越来越多元。每个人都可以有很多选择，每个人都有自己的道路，不要简单地复制别人的生活，企图把自己变成别人的样子。成功的道路不止一条，标准也不止一个，每个人都有自己独有的品质，试图模仿和复制他人的成功模式已行不通。要想取得成功，务必要保持自己的独有特质，学会做最好的自己。无须妄自菲薄，“天生我才必有用”，你本来就是独一无二的自己。

我们要学会思考，学会批判，学会用正确的立场观点分析问题，拒绝不假思索、附和跟风，紧跟时代的步伐，活出精彩的自己。

这个时代或许有些“复杂”，要像黄葛树那样活出自己的笃定。

发展的列车匆匆驶过精神的站台，高速发展过程中功利主义、价值失范、诚信缺失等社会问题凸显；各类“门”事件[1]，暴露出信仰的危机和道德的滑坡；“看客心态”逐渐成为“路人”自保的护身符；丑闻成为丑闻制造者的通行证；消息的真假不再重要，大家开始学鸵鸟一般把头埋入沙中，只看自己想看到的，只听自己想听到的；人们变得习惯性怀疑，怀疑官方、质疑权威、鄙夷专家，有些年轻人更是乐于用娱乐狂欢解构一切严肃的意义。身处“乱花渐欲迷人眼”的现实环境，我们难免有“歧路之中又有歧焉”的困惑，但我们不能有丝毫的懈怠，脱离了对发展潮流的清醒认识，就可能堕落为“精致的利己主义者”或者“空心人”[2]。

[1] 网络语言，一般指一些“爆炸性的负面事件”或一些众说纷纭却无法确定其真实性的负面事件。

[2] 源自英国诗人托马斯·斯特恩斯·艾略特（Thomas Stearns Eliot）1925 年创作的诗歌作品《空心人》，指现代人无聊、空虚、焦虑的精神状态。

“穷则独善其身，达则兼济天下”。作为重庆大学的毕业生，你们必定是这个社会的中坚力量，你们有义务担负起社会“稳定剂”与“缓冲器”的重任。你们要像黄葛树根植于岩石缝隙那般笃定与执着，用你们深厚的素养、理智的心性和正确的价值观，“居天下之广居，立天下之正位，行天下之大道”，影响和“振导社会”建立起积极健康、乐观进取的良好心态，缓和社会矛盾，消弭社会裂痕。

亲爱的同学们，你们就像春日里盛开的花，洒满了生命的灿烂明静；你们是天空中洁白的云，永远倒映在母校的波心。“千川江海阔，风好正扬帆”，当悠悠的离歌在耳畔渐渐响起，千言万语道不尽珍重，愿你们历尽千帆，归来仍是如初少年；愿你们聚是满园黄葛，散是缤纷四季！

谢谢大家！

莫让芳华负朝夕

——在重庆大学2017级本科生开学典礼上的讲话

PINGFAN DE SHIJIE
HUI YOU REN DONG NI

2017年9月10日

亲爱的同学们：

上午好！

山城九月，秋色宜人。在这个满载收获和希望的季节，我们齐聚在缙云湖畔，共同见证你们踏入人生的全新旅程。你们的到来，为校园带来了蓬勃的生机和朝气。欢迎你们成为重大的一员！今天也是我国第33个教师节，在此，我谨代表学校，向即将陪伴你们继续前行的老师们，致以节日的问候和崇高的敬意！

同学们，大学与青春的交汇，是人生中至关重要的时刻。为了这一时刻的到来，你们向世人展示了义无反顾的决心和一往无前的勇气，历经十年寒窗磨砺，终获命运的褒奖。如今你们心愿遂成，走进了向往已久的大学校园，我期待你们用青春点亮更美好的未来。

同学们，大学是育人的殿堂。为了实现知识与生命的融合，这里涵育的是对科学精神和人文精神的执着追求，做人行事的道德自觉以及内心的沉潜宁静。在当下，她是你们增长学识、完善人格的沃土，是提升心志、磨砺灵魂的熔炉，是释放青春、收获友谊的乐园。在未来，她将成为你们事业起步的累土基石、追求幸福生活的动力源泉。来到重大，正值你们最好的年华，我希望看见你们在黄葛树下结伴同行，在书籍的海洋中游历四方，在与大师的对话中启迪心智，在实践和思辨中充实自我、历练身心，在拥抱朝霞和送别夕阳中，找寻到关于人生、关于理想、关于生活的答案。

著名作家柳青说过，人生的道路虽然漫长，但紧要处常常只有几步，特别是当人年轻的时候。大学时光是你们生命中最灿烂的季节，也是你们人生道路上最紧要的一步。你们的身体里涌动着强烈的力量，内心渴望着“鹰击长空，鱼翔浅底，万类霜天竞自由”；你们对世界葆有炽热的情感，对于一切新鲜事物都充满了好奇。如何不负这大好时光？如何将年轻时的期许转化为生命中无与伦比的精彩？是你们今天需要面对的又一人生考题。

同学们，青春并不总是鲜花遍地，你们要在穿越荆棘中学会坚守。当你满怀信心地开始大学生活，命运首先会与你开个不大不小的玩笑：你会发现，仅仅过了一个暑假，你的优秀就湮没在同样优秀的新伙伴中。课堂里，你不再是大家关注的焦点；赛道上，你不再是一马当先的领跑者；社团中，你不再是当仁不让的主心骨；甚至考试后，你都不再那么信心十足、胜券在握。大学里人才济济、强手如林，再加上繁重的学习任务，会使你承受很大的压力，面临极大的挑战，遭遇激烈的竞争。今后的道路，可能会更加坎坷难行，但这是你锻炼成长的好机遇，你要学会面对、学会坚守。所谓坚守，就是在困难当前永不放弃初心和信仰，挫折之中始终饱含着对成功的渴望，失败以后愈加坚定人生的目标和理想。只有学会坚守，你才能掌控住成长的风帆，愈挫弥坚，驶向成熟。

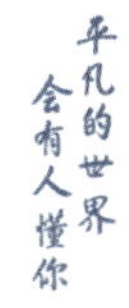

重大近一个世纪的奋斗历史，便是对坚守最好的

诠释和注解。从创建“完备弘深之大学”，到今日“树西南风声，创一流大学”，一代代重大人坚守着修德正身、兼济天下的家国情怀，肩负着“复兴民族兮、誓作前锋”的时代责任，将个人抱负与人民幸福、祖国富强、民族振兴熔融合一，勇立潮头、执着前行。无论是老校长胡庶华、叶元龙、张洪元、何鲁、郑思群等杰出教育家善施教化，还是著名教授马寅初、李四光、柯召、冯简、吴宓、吴冠中等名师巨匠授业解惑，或是优秀校友任正非、阎肃、邱中建等精英才俊孜孜不辍，恪守正道、追求真理的价值追求，由抱诚守真的重大人薪火相传、刻入风骨。再过一个月，重大就迎来她88岁的生日，希望同学们有时间到校史馆，去看一看她无惧风雨、只为远方的坚实脚步，去听一听那栉风沐雨、如诗如歌的动人故事，去感受那“启兹天府、积健为雄”的赤诚情怀。

同学们，青春并不总是大道通途，你们要在万千路径中学会选择。大学之“大”，不仅仅在于大楼和大师，同样还在于她海纳百川、开放包容的胸怀和格局，为广大学子的成长成才提供了良好条件、创造无限可能。要真正拥抱大学的“海阔天空”，上演属于自己的“光辉岁月”，需要你们在面对机遇或者接受挑战时，不退缩、不偏执、不随波逐流，以量力而行的睿智和审时度势的远见，做到有所为，有所不为。2013级本科生孙小雯，潜心“硅藻”研究，为了实现梦想，放弃娱乐和休息，选择独自面对做学问的孤独，最终收获了成功的喜悦。今年上半年，她把研究成果发表在英国皇家化学学会举办的国际权威期刊上，由此创下了我校本科生发表学术期刊影响因子最高的纪录，她也被顺利推荐为免试研究生继续深造学习。2014级博士生桂银刚，刚进校时是物理学院的硕士研究生，当他发现自己的兴趣在应用领域而非基础性研究后，勇敢地选择了从理科到工科的跨越。一年多后，他转入电气工程学院攻读博士，从事高电压与绝缘技术相关领域的研究并取得了一系列重要成果。为了追寻心中所爱，桂银刚选择了遵从内心的声音，加之刻苦付出，终于迎来了学术的春天。

同学们，你们的未来要面临无数次的选择，每一次选择的背后，都需要开启智慧、缜密思考、从容决断。要像孙小雯和桂银刚那样，将目光着眼于更好的自己和更好的生活，“以不息为体，以日新为道”[1]，在不断地取舍中，为自己增加生命的内涵与厚度。请记住，你们今天的选择，最终将决定明天的模样。教育家叶圣陶先生说过，“少年时期的放浪是晚年的汇票，人生的最大悲痛莫过于辜负青春”。虽然刚刚进校的你们，还无法形成完整的人生规划，但在我看来，挖掘你们内心深处真实的热爱、寻找你们自己真正的特质，为大学生活的格调定位，是今后完成人生蜕变和升华的基础。对此，我有几点体会与你们分享。

首先，希望你们与书籍为友，不断完善自我。书籍之于生命，如同乐谱之于音乐，阳光之于大地。在没有互联网的时代，读书就是一场说走就走的时空旅行，让人们在精神世界里或饱览历史长河的风光，或凝望

[1] 出自唐代文学家、哲学家刘禹锡的《问大钧赋》。体，准则；道，法则。意思是坚持追求，坚持创新。

历史人物的一生。在信息爆炸的今天，书籍作为人类思想与智慧的结晶，同样成为大学崇尚学术、探求真理、提升境界的精神根基。“读书何所求？将以通事理”。西方哲人培根认为，“读史使人明智，读诗使人灵秀，数学使人周密，科学使人深刻，伦理学使人庄重，逻辑修辞使人善辩”。古时“士大夫三日不读书，则义理不交于胸中，对镜觉面目可憎，向人亦语言无味”。今日读书的最大理由就是在与书籍的相守中屏蔽浮华、摆脱平庸、提升气质，由此获得内心的沉淀和宁静，发现世间的美丽。“腹有诗书气自华”，读书虽不能阻止时间的流逝，但人们可以通过读书改善自己的知识构成，构建价值判断，培育审美习惯，让生命的有限疆域得以拓展和延伸。要多读经典，因为经典作品经受了岁月的考验与筛选，它们是时代的沉淀和文化的结晶。通过阅读经典，接受传统文化熏陶，感受先贤的思想，升华自己的灵魂，让你的灵魂跟上行走的脚步。要博览群书，通过广泛涉猎打破视野的局限，克服思维的障碍，激发自己内在的能量与创造的激情，触发独立思考的欲望，在质疑、批判和继承中形成独树一帜的认知和观点。正如罗曼·罗兰所说，“从来没有人为了读书而读书，只有在书中读自己，在书中发现自己，或检查自己”。

其次，希望你们与实践为友，不断考量自我。有一个形容大学的词叫“象牙塔”，有人把它理解为“超脱现实社会、远离生活之外的天地”，但是，现实中的大学与社会是密不可分、紧紧相连的。我们已经认识到了这一点，并开始做出改变。今天的重大，不仅为你们提供了一张安静的书桌、一座堂皇的图书馆，还有越来越多的创新实践基地、社会实践实习基地、大学生创新创业基地、学生活动社团供你们选择；你们要主动投身于社会实践这个大课堂，淬火锤炼，增长本领，在实践中认识社会、检验自己、实现价值。我们已经看到，社会并不完美，国家也有不足，但我们无须怨天尤人，更不能沉溺于低俗，我们有责任去改变。我们在一起，就像一滴水融入另一滴水，就像一束光簇拥着另一束光，唯有点亮自己，才有美好前程；唯有簇拥在一起，才能照亮国家的未来。我校播音与主持艺术专业的顾成鑫、任志骏、幸泽坤等6名2013级本科生，立足专业特长成立了“寻声志愿者协会”，定期将录制好的故事和童诗免费赠送给山区留守儿童，他们的足迹已经遍布重庆山区小学，“寻声有梦”“宝贝晚安”等活动温暖了3000余名留守儿童。目前，“寻声”志愿者队伍从50余人壮大到几万人，参与录制的志愿者有敬一丹、赵普、徐涛等知名播音主持人及社会各界爱心人士。他们还尝试自主创业，在重庆设立了首个“寻声朗读亭”，为广大市民提供了圆梦朗读的机会。他们的社会实践诠释了一个道理：这是你自己的国家，你站在这片土地上，你怎样，你的国家就怎样；你有光明，你的国家便不黑暗。社会虽不完美，看清仍然可爱；建设美好中国，需要你的行动。愿在座各位同学，也像这几位学长那样，在汲取知识的同时，不断地增强学以致用的能力，于实践中不断汇聚智慧和力量，实现自我超越。

第三，希望你们与同窗为友，不断检视自我。古人云："以人为镜，可鉴得失。"真正的朋友就像一面镜子，将你的表现真实地反映给你，使你能更清楚地认识自己，知道需要做什么，不能做什么。"独学而无友，则孤陋而寡闻"。真正的朋友又像一块磁石，惺惺相惜、趣味相投、团结协作，无论是在课堂交流，还是在研究团队、社团活动，总会在理解包容的同时，敢于碰撞思维的火花，学习对方的长处。"同心而共济，始终如一"。真正的朋友还像一盏明灯，无论你失意苦闷、身陷迷茫，还是迷恋游戏、虚度青春，还是急于求成、日渐浮躁，他总是默默地帮你排解心中的阴霾，努力将你引向阳光的地带。软件学院的彭轶群、徐牧尘、汤丽雯、姚嘉谕四位同学，他们在求学的道路上合作竞争、互相帮助、携手共进，今年5月同时被软件工程专业排名全球第一的卡内基·梅隆大学录取，成就了一段佳话。同学们，你们来自五湖四海，或许现在还叫不出对方的姓名，彼此间还保持着距离，但你们将在此后数年的朝夕相处中，因为相伴相守、情感共鸣和价值认同走到一起，彼此尊重，友爱相处，这将成为人生中最为宝贵的财富。希望你们齐心呵护这段同窗之谊，且行且珍惜。

同学们，青春的大幕已经拉开，军训就是大学生活的序章，希望你们向人民解放军学习，以铁的纪律、铁的意志、铁的作风严格要求自己，为未来的学习和生活打好基础。从现在开始，你们在重大的每一天，都是青春的记忆，这几年的记忆会像一幅绚丽的画卷，光彩夺目；又如天上的流星，一闪而过。但我相信，经过岁月的磨砺，经过重大的洗礼，你们定能收获属于自己的精彩！

同学们，背上追梦的行囊启程吧，莫让芳华负朝夕！

谢谢大家！

专注以致远

——在重庆大学2017级研究生开学典礼上的讲话

PINGFAN DE SHIJIE
HUI YOU REN DONG NI

2017年9月8日

亲爱的同学们：

大家上午好！

很高兴在重大与你们相见。因为你们的到来，这几天校园里到处洋溢着青春的气息，充满着喜悦的气氛。在此，我代表重庆大学全体师生员工欢迎你们！

同学们，研究生阶段的学习不同于本科，你们不再只是知识的被动接受者，而将成为自然规律的探索者和文化奥秘的发现者。学术研究是研究生培养的一种主要方法，你们当中一部分人的学术研究生涯或许就从这里起步。可以说，学术研究就是聚焦问题、分析问题、解决问题的过程，不但需要你们勤于思考、勇于创新、敢于反思，更有赖于你们要保有持之以恒的专注。说到“专注”，我们并不陌生。在孩童时代，师长就给我们讲过“小猫钓鱼”的故事，教导我们要“全神贯注，专心致志”。实际上，“专注”一直与我们的人生相伴。今天，我想给大家谈谈做学问需要“专注”。

首先，要在个人心志上保持专注，奠定成功的基础。

古训有言：“不广求，故得；不杂学，故明。”说的就是做事做学问不能蜻蜓点水，不求甚解，只有专心致志，才能有所收获，有所精通。一个人的精力是有限的，集中精力把一件一件事做好，日积月累，就能有所成就。牛顿的天赋并没有明显的过人之处，然而他做研究的勤奋和专注，简直到了入迷的地步。他常常一连几个星期都泡在实验室里，直到实验完成。有一次，牛顿的朋友来看他，他把饭菜摆到桌上后，又一头钻进了实验室。这个朋友等得不耐烦了就先吃起来，吃过后就不辞而别了。牛顿做完实验后出来，一看桌上的空盘空碟，自言自语地笑着说：“还以为没吃饭呢，原来我已经吃过了！”说着又走进实验室去了。正是由于这种专注，才成就了牛顿、爱迪生等一批伟大的科学家。海伦·凯勒专注于研究、学习说话，尽管她又聋，又哑，又瞎，但她最终成为闻名世界的作家、教育家、慈善家和社会活动家，把自己的一生献给了盲人福利和教育事业，这不能不说是个奇迹。如果王羲之不写黑几缸水，他的字就不可能一字千金，他也不可能写出传世之宝《兰亭序》。把精力集中在一件事情上，专心致志将其做到极致，胜过你把一万件事做得平庸。做学问也是如此，要想取得学术成就，除了专注，除了持续地钻研，持续地为此付出精力和时间，没有别的秘诀。专而倾注，会让你走得更远、攀得更高！

其次，要在学术研究中保持专注，发现研究的乐趣。

专注的本质不是只做一件事，而是把这件事做得深入，做到最好。一个专注的人，往往能够把自己的时间、精力和智慧凝聚到所要干的事业上，从而最大限度地发挥积极性、主动性和创造性，去努力实现自己的目标。

在学术的世界里，专注不只是“思心一至，不闻雷霆”的品质，还是对独立思考和自由探索的不离不弃，对崇尚真理、唯实求是的执着如一，也是克服挫折的一剂良药。专注做学问的过程本身就是探索真理、追求完美的过程，开始觉得它有多么枯燥，一旦你专注投入，取得学术上的进步，就会带来无限的乐趣。电气工程学院2016届博士毕业生肖淞，在校期间发表了高水平学术论文5篇，授权发明专利4项，获得各级荣誉奖项十余项，被授予中法双博士学位，还作为仅有的学生成员，参与制定了相关国际技术标准。他说：“繁重的科研工作没有让我产生厌烦，反而越发地激发我前进的热情。”肖淞在科研中发现了自己的热爱，在他的世界里，专注做学问，本身已经成为一种幸福。

学术研究从来就没有平坦的道路可走，往往会遭遇失败、面临困境，但不能阻止我们从中获得快乐。专心致志地做学问，排除或放弃其他干扰之事，全身心地投入学习并积极地争取进步，这样你的心里就不会感到筋疲力尽。不同于金钱和物质的获取，做学问的快乐，是呕心沥血揭示真理后的满足，是绞尽脑汁攻克难关后的酣畅。“凡是专精于一，必有动人之处”，只要保持足够专注和持续投入，做学问的最大受益者终是我们自己。

第三，要在世间喧嚣里保持专注，坚守内心的平静。

虽然我们在校园里学习，但不可否认“外面的世界很精彩”。古人云：“欲多则心散，心散则志衰，志衰则思不达。”受社会的不良影响，人们正在丧失专注的能力，让“潜心读书”和“宁静致远”变得不那么容易。我们花费太多的时间在看手机上，而在学习、研究上花的时间越来越少。有的人痴迷于碎片化的阅读，一心求快，只想从网络搜索中享用现成的答案，到头来蜻蜓点水、浅尝辄止，或者眼花缭乱、无所适从。有的人贪求立竿见影的收益，热衷于追逐各种“热点”，随意改变研究方向，快出、多出“成果”以示人；还有的人不惜铤而走险，触碰学术道德的红线，以致学术不端行为时有发生。

当面对生活节奏的加快、信息技术的革新、多元文化的冲击、社会复杂多变等诸多考验时，专注就是坚守底线、抱元守一的人生信条，帮助我们排除杂念，维系宁静。我校采矿工程学科的教授、与重大同龄的鲜学福院士，是我国著名矿山安全技术专家、煤层气基础研究的开拓者。鲜院士基本上一年只给自己放四天假，其余时间都在致力于矿井煤层气理论及其工程应用的研究工作。鲜院士以数十年如一日的坚持，恪守着学者的本分，捍卫着学术的尊严，在这看似枯燥的工作里，用真正的专注获得了充实的人生。

当世界开始浮躁，并不意味着你们就有理由随波逐流。由于专注，你可能看起来与旁人有些“格格不入”，甚至会显得有些“呆傻”，但正是这种“格格不入”和“呆傻”，才能让你站到别人难以企及的高处，收获丰硕的成果。“千磨万击还坚劲，任尔东西南北风”的从容，是那些太过急功近利的人永远都无法领会到的。

同学们，新的生活即将开启。歌唱家卢卡诺·帕瓦罗蒂（Luciano Pavarotti）从师范大学毕业时，请教他的父亲："我是当教师呢，还是做歌唱家？"其父回答说："如果你想同时坐在两把椅子上，你可能会从椅子中间掉下去。生活要求你只能选一把椅子坐上去。"卢卡诺·帕瓦罗蒂选了一把椅子，后来成为世界歌坛的超级巨星。专注贵在专一，专注贵在执着，专注贵在自信，专注才能致远。我希望同学们树立清晰而恒久的目标，笃信坚持和耐心的力量，认定自己前进的方向，矢志不渝，永不言弃；在研究生学习阶段专注于学问，专注于做人，让专注融入日常成为习惯，在专注中成就自己的未来，为把重庆大学建设成世界一流大学奉献才智，为实现中华民族的伟大复兴贡献力量。

谢谢大家！

你的选择，决定你的精彩

——在重庆大学2016届学生毕业典礼上的讲话

PINGFAN DE SHIJIE
HUI YOU REN DONG NI

2016年6月28日

亲爱的同学们：

小荷尖角，蝉鸣盛夏，转眼又到了一年的毕业季，同学们带着对未来的期许，挥别大学时光，即将走向人生新的阶段。看着你们这几年在大学里学习、生活、历练、成长，渐渐褪去曾经的懵懂与青涩，此刻绽放出独属于自己的光芒，我非常欣慰。在这充满荣耀与喜悦的时刻，我想带领你们一起，向悉心指导你们的老师、辛勤培育你们的家人和一路支持你们的亲友，致以诚挚的敬意和衷心的感谢！

同学们，几年前你们从数百所高校中选择了重庆大学，重庆大学也从数百万名考生中选择了你们，正因为有了这个选择才注定了我们之间的缘分，才成就了你们和母校之间深厚的情感，才有了迅速红遍网络的重大版《南山南》。“黄葛黄，银杏落，白驹匆匆过；

长江长，嘉陵深，四海念师恩”，同学们心怀母校的一草一木，用歌曲镌刻了心目中的缙云湖、银杏路、民主湖、文字斋，表达了对母校由衷的眷恋，让我十分感动。相信你们在母校所经历的一切，都会在将要离别的此刻变成最珍贵的回忆，深藏于心底。我也相信，母校也未辜负你们的选择。

漫漫人生路，你们会面临更多的选择。“选择”是人生的重要课题，重大的“选择”关乎方向，细小的“选择”影响心态，你几年前的选择造就了你的今天，而今天的选择将决定你的未来。我曾在开学典礼上给同学们讲过“你的大学，你的舞台”，今天毕业之际，我想给大家谈谈“你的选择，决定你的精彩”！在重庆的六月，难得有今天细雨中的凉爽，我们把毕业典礼安排在今天，就是“我们的选择，决定了我们的精彩”！

回顾大学时光，你们用最美的青春也做了许多不同的选择，选择了不同的“舞台”和各自的“精彩”。这几年，除了课堂的学习，也许你驾驶自主设计组装的赛车，风驰电掣在赛道上，让青春在创新创业中绽放光彩；也许你还努力成为“校园好声音”，大大小小的晚会上都有你惊艳的亮相；也许你做了摄影爱好者，图书馆、寅初亭、松林坡、团结广场，甚至远方的丽江、西藏都被你用镜头精心收藏；也许你做了一名潜心的探索者，实验室里的大胆假设、小心求证，让你初次品尝到了科学的魅力；也许你参与了帮助贫困地区架桥铺路的公益活动，奔走在形形色色人群中的田野调查、访谈分析，让你开始似懂非懂社会这个庞大却精密的系统；又或者，你只是做了最平凡的阅读者，在图书馆里闻着书香，享受岁月静好；甚或做了最安静的思考者，一个人坐在虎溪河边的石凳上眺望了一次次富有诗情画意的日落夕阳。不论怎样，我希望你们的选择都让你们获得了历练和成长。

“凡是过往，皆为序章”，从今天起，你们即将告别母校，走向社会，成为工程师、成为研究员、成为律师、成为教师、成为记者、成为公务员，等等，从此踏上多彩的人生路，用自己的“选择”去书写人生的精彩。

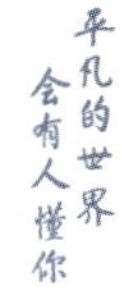

相比抱怨，我希望你们选择微笑。刚刚步入社会的

你们总会遇到这样或那样的委屈，或许会遇到难处的同事，或许会碰上烦心的工作，或许会在寂静的夜里孤单独酌，或许会在清晨醒来，发现自己仍然平凡普通，但我希望这时的你能选择微笑，对过去的伤痕一笑而过，对未来的挑战乐观坦然。千万不要选择抱怨，抱怨会消磨你的人生；与其抱怨，不如用抱怨的时间去改变你可以改变的一切。世界是一面镜子，映射着每个人的内心，你的内心是什么样子，你的世界就是什么样子。选择抱怨，你的内心就充满着痛苦和灰暗；选择微笑，你的世界就充满阳光和希望；你的选择决定了你会成为一个什么样的人。选择善待你不喜欢的人和事，并不代表你虚伪，而意味着你内心的成熟和气量。唯愿在你们的脸上，看到的总是笑容。

相比逃避，我希望你们选择承担。今天的仪式对你们而言，也是一个成人礼。从今天起，你们要学会安抚自己内心时常叫苦的“宝宝”[1]，学会如何承

---

[1] 2016年十大网络流行语。以诙谐和卖萌的方式表达“本人”的意思，受年轻人喜爱。

担。“人生于天地之间，各有责任”。责任贵于黄金，重于泰山；勇于担责是一种人生的态度，是立足社会、幸福家庭、成就事业至关重要的人格品质。首先，要承担一份做儿女的责任，“哀哀父母，生我劬劳”，当你为了心中梦想而风雨兼程时，也不要忘了一个电话、一声问候、一次回家探望，让父母老怀安慰。我们还要承担一份做公民的责任，正所谓“人人好公，则天下升平；人人营私，则天下大乱”。你们当然可以做个键盘侠“针砭时弊”，但我更欣赏另外一种态度：你怎样，你所在的中国就怎样。

当然，选择不等于任性。

做出选择，我们需要清醒的认知。

我们要学会认识自己。老子在《道德经》中说“知人者智，自知者明”。认识自己，意味着静心内省、看清最本质的自己、明白自己最珍视的价值、正确了解和看待自己的优势与不足。古语有云：“造化无全功，巧其音者拙其羽，丰其实者啬其花。”每个人都有自己的优势和劣势，“役其所长，则事无废功；避其所短，则世无弃材”，扬长避短是人生的一大哲学。我们必须学会做人生的减法，不要为“全”字所累。有选择就会有放弃，选择了一条路就意味放弃了其他所有的路。人生的选择并没有标准答案，只要你的选择是遵从自己的内心，不断自我选择的过程就是使自己成为最好的自己的过程。

做好选择，我们更需要一些定力。

小时候老师就给我们讲过“揠苗助长”的故事，告诉我们这很荒唐，长大后，我们却时常犯这样的错误。刚有了方向，就想有结果，不然就陷入迷茫、痛苦、挣扎，这是二十几岁的年轻人常常走入的误区。但是，完善人生不能急功近利、心浮气躁，而需要沉淀和积累。选择固然重要，有时可能比努力更重要，但是别忘了选择之后，还有千山万水要跨越。你必须比任何时候都要更加努力，才能证明你的选择是正确的。你们处于奋斗的年龄，不要选择安逸。我们“面向太阳，不问花开”，坚信“你若盛开，清风自来”。最近，媒体常常在描述一个词叫作“工匠精神”。我想，不论你们接下来要进入的是哪行哪业，都要静下心来体悟手艺人安静而安定的内心，体会什么叫“闳约深美”。

同学们，等待你们的将是更为广阔的天地。未来的生活，你们可以一杯茶、一卷书，感悟“心远地自偏”的宁静，也可以审时势、敢打拼，享受“一日看尽长安花”的潇洒。而我，只愿你们，在做任何选择时，都不曾忘记今日在这风雨操场把握的初心。

同学们，道不尽的是离愁，说不完的是别殇。就要说再见了，可我知道，你们幸福转身的一瞬，是母校为你们驻足凝眸的一生；我更知道，无论时光多么久远，母校永远知你冷暖，懂你悲欢！今日，我们挥手作别，只望他日，你们都能欣慰，种种选择，千般道路，此生不负！

谢谢大家！

重慶大學

大学的力量
——在重庆大学2016级
本科生开学典礼上的讲话

PINGFAN DE SHIJIE
HUI YOU REN DONG NI

2016年9月11日

亲爱的同学们：

大家上午好！

今天的虎溪校区充满了喜庆。曾几何时，你们对大学魂牵梦萦，今朝得以实现，心情自然不言而喻。祝贺你们梦想成真，欢迎你们来到重庆大学。从今天开始，重庆大学的历史正式交与你们续写，期待你们精彩的诗篇！

走进大学，首先要知道什么是大学。大学之大，不在于物理空间之大，不在于师生数量之大，而在于思想空间之大，塑造人的力量之大。“大学之道，在明明德，在亲民，在止于至善。”大学不仅仅是知识的传承者和创造者，更是人类思想、精神和道德的守护者，是社会良心、公平和正义的坚守者。刚刚过去的里约奥运会，顽强拼搏的体育健儿又一次展现了力量之美，尤其是中国女排时隔十二年重攀奥运巅峰，再次将力量与精神的结合演绎到了极致。但不同于张扬、热烈的竞技赛场，大学的力量往往安谧、平实、内敛，润物细无声。这里看到的是书本，看不见的是智慧的激流涌动；看得到的是课堂，看不见的是思维的纵横捭阖；看得到的是校园，看不见的是精神的收放张弛。来到大学，需要你们睁开双眼去观察，更需要你们打开心灵去感受。在这里，你们可以通过研习学术，在创新的海洋里搏击弄潮；通过阅读经典，在人文的光芒下释放心性；大学就是孕育、锤炼、传播思想和力量的地方。

大学有一种力量，叫作信念。信念是一种深刻的认知，也是一种历久弥新的情感，更是一种百折不挠的意志，是人们自始至终坚信正确的观念。重大人的信念，立于"学府宏开"之时。建校之初就提出"建完备弘深之大学"的办学目标，在八十多年的办学历史中，初心不渝，无论风雨几何，跬步而不休，累土而不辍，“道之所在，虽千万人吾往矣”[1]。物力维艰的创业之初，她锲而不舍；山河破碎的抗战岁月，她昂首不屈；建国初始的院系调整，她顺势而为；三校合并的再度起航，她踔厉风发。此后的“211工程”“985工程”，再到今天的“一流大学一流学科建设”，她一路走来，脚踏实地、稳如磐石，始终挺立在我国高等教育发展的前列。“研究学术、造就人才、佑启乡邦、振导社会”，由最初的创办宣言，衍生出“耐劳苦、尚俭朴、勤学业、爱国家”的校训，“团结、勤奋、求实、创新”的校风，“求知、求精、求实、求新”的学风，发展为鲜明具体的办学理念，进而凝结成全体重大人的坚定信念，成为重庆大学的力量之泉、精神之源。斗转星移，时光荏苒，八十七年的办学历程，经受了多少困难，遭遇了多少坎坷，正是这种信念的力量，使重庆大学在迷茫中不失方向，在挫折中不忘初心，使重庆大学在巴渝大地的广袤沃土上深深植根，于山水之城的人文灵韵中浸润长成。而今的重庆大学，正昂首阔步

[1] 出自孟子《公孙丑上》，意思是真理所在之处，虽然很多人都反对，我也要勇往直前。

朝着特色鲜明、国际知名的高水平研究型大学迈进。

大学还有一种力量，叫作德行。德行是指美好的道德品行，是人文精神与科学精神的融合，是一种崇德、明礼、向善、求真的价值取向。“嘉陵与长江相汇而生重庆，人文与科学相济而衍重大。”人文精神与学术追求并重，一直是流淌在重大人血液中的特质，是驱动重庆大学前行的双轮。我校创始人之一、“白屋诗人”吴芳吉先生认为，大学应“明伦饬礼，移风易俗，立人道之极则，开万世之太平”。胡庶华先生担任重庆大学校长期间，非常重视德行教化。他说“大学生在求学时期，重在修身”，“人格救国，当与科学救国并重”。德行的力量，不见得大开大阖，而常于细微之处见真章。同学们，作为“90后”的年轻人，你们想知道在没有电脑、没有网络的年代，我校敖尔真老师如何自制力学教具[1]，韩其顺老师怎样书写学生评语[2]，杨嵩林老师又为何亲自打造知识信息文献库[3]吗？你们想见

[1] 敖尔真教授历时三年制作出“理论力学形象演示教学系统”。

[2] 外语教授韩其顺对学生的每一份读书报告都要从学生的理解准确性、思想深度、语言表达上进行分析后写下评价。

[3] 杨嵩林教授打造了跨越234年的中外建筑物知识信息文献库。

识我校钟先信老师17年如一日记载的科研日志[1]，肖允徽老师亲笔手书的数十万字教案[2]吗？……你们可以到学校B区的“立德树人”展览馆，去感受重庆大学老一辈专家学者爱国爱校、明德铸魂、躬身育人的伟大情怀。如果你们徜徉在重大校史馆里，你们还会看到一代代重大人留下的奋斗足迹。重庆大学立德润物无声、育人潜移默化的氛围，引导学生滋养学识、涵养心灵，培养出了全国人大常委会副委员长向巴平措、“嫦娥工程”系统总指挥及战略支援部队副司令员李尚福、华为集团董事长任正非、著名词作家阎肃等大批政界、军界和业界精英。正是这样一种德行的力量，锤炼了重庆大学“振兴中华、匹夫有责的爱国精神，崇尚学术、追求真理的科学精神，勤俭朴实、吃苦耐劳的奋斗精神，锐意改革、勇于创新的时代精神”。这种“德行”的力量，越来越深刻地成为重庆大学文化积淀的重要组成部分，成为重庆大学自强不息的纽带和持续发展的精神动力。

[1] 钟先信教授用28本科研日志，详细记录了17年每一天教学科研工作的点点滴滴。

[2] 肖允徽教授手书7大本教案，将此手书教案直接印刷出版便成了数十万字的《结构力学》教材。

同学们，你们今天在这里与重庆大学相遇，一定都希望自己在大学力量的传承中成长，希望在数年后看到一个走向成功的自己。从今天开始，你们已经打上重庆大学的烙印，信念的力量会使你们的心态更加进取，德行的力量会让你们人格更加完善。

但是，我还是希望你们做出一些调整。

首先，要明确目标，把自己培养成为人格健全的人。告别了熟悉的亲朋，离开了家人的照顾，要学会自立。走进了集体生活，迎来了陌生的面孔，要学会相处。不要把专业学习当成大学的唯一任务，不要把找理想工作看成上大学的唯一目的。大学是青春绽放的舞台，要学会做人和做事、学会关爱和感恩、学会更加自信地面对未来人生的各种挑战。**其次，要转变角色，找到适合自己的学习方法。**与中学学习相比，大学里的学习会更为柔性，知识也会更加广博。课堂内外、书里乾坤、网上天地、师长伙伴都是你们获取知识的源泉，你们可以尽情地沐浴人文情怀，拓宽思维边际，释放个性潜能。大学的课程设置、教学模式、教学方法均与中学不同，你们需要学会自主学习。**第三，要合**

理规划，珍惜人生美好时光。大学时光犹如白驹过隙、稍纵即逝，你们要把握住这个人生的黄金时期，合理安排大学生活的每一天、每一个小时，充分利用学校提供的优质资源，以只争朝夕的紧迫感，如饥似渴地学习，做到人文素养和科学精神并重并进。

我衷心地祝愿你们，在大学四年的学习中人格健全、学业出色、内心幸福！

同学们，开学典礼后，军训就要开始了。你们将在解放军指战员身上，学习到严格守纪的观念，吃苦耐劳的作风，坚韧不拔的意志和能打胜仗的决心，这又是一笔获益终身的财富。在这里，让我们向最可爱的解放军官兵致敬！

同学们，“大鹏一日同风起，扶摇直上九万里。”我相信，重大是能让你们志存高远、躬行实干的大学，也是能让你们激扬青春、创造精彩的大学。怀抱好你们美好的梦想，出发吧！祝同学们在重大的每一天都充满力量！

谢谢大家！

做学问呼唤工匠精神

——在重庆大学2016级研究生开学典礼上的讲话

PINGFAN DE SHIJIE
HUI YOU REN DONG NI

2016年9月9日

亲爱的同学们：

大家上午好！

伴随着山城初秋的凉爽，重庆大学迎来了4700名研究生新同学。首先，我代表学校对你们表示热烈的欢迎，也祝贺你们通过自己的努力，如愿进入重大这座具有深厚文化积淀的学术殿堂！

从今天开始，你们的学术生涯将翻开新的一页。作为研究生，顾名思义就是从事研究的学生，其中相当一部分人甚至要“以研究为生”。研究什么呢，当然是研究学术、创造知识，“究天人之际，通古今之变，成一家之言”。所谓“成一家之言”，就是我们常说的“创新”。创新是学术研究的灵魂，意味着要拓展前人未曾涉足的领域，这并非一条康庄大道，往往充满艰辛，布满荆棘，正如马克思所言："在科学上没有平坦的大道，只有不畏劳苦沿着陡峭山路攀登的人，才有希望达到光辉的顶点。"不得不说，做学问是一项十分艰苦的创造性活动，需要有一种精神来支撑，同学们务必保持一股不畏劳苦、敢于攀登的精气神。我今天想给大家谈谈做学问需要"工匠精神"，谈谈工匠精神对研究生学习的重要意义。

什么是工匠精神？古之中国技人，如鲁班之百工、奚仲之造车、庖丁之解牛、叔远之雕核；古之中国技艺，如京剧之绝伦、口技之绝妙；古之中国艺器，如四羊方尊之精致、四大名绣之精美，无不彰显着中华文明源远流长的工匠精神。世界上的重大发明或创造无一不是工匠精神的产物。爱迪生经过上千次的实验失败终于发明电灯；居里夫人从几吨沥青铀矿渣中提炼出十分之一克的镭元素；孟德尔用了8年时间试验了32个豌豆品种才揭示了遗传定律；司马迁忍辱偷生、笔耕不辍，历时13年而成"史家之绝唱，无韵之离骚"；李时珍遍尝百草、访医问药，历时26年而成《本草纲目》。反观现在，我们似乎并没有很好地继承这样的优良传统，作为最令人瞩目的制造大国，因为工匠精神的缺失，“中国制造”已给人们留下“廉价低质”的刻板印象。在学术界，风气也日趋浮躁，做学问急功近利、粗制滥造的现象时有发生。由此可见，重拾工匠精神为时代所呼唤。

工匠精神，简单地说，就是精益求精、追求卓越的精神品格，是没有最好、只有更好的工作态度，是严谨踏实、勤奋刻苦的钻研精神。它与重庆大学“耐劳苦、尚俭朴、勤学业、爱国家”的校训可谓不谋而合，研究生做学问需要的就是这种精神。那么，在学术道路上我们要如何培育工匠精神？

首先，要严谨踏实。

严谨踏实是工匠精神的根基。做学问是一项诚实的劳动，必须严谨踏实，不能有丝毫不严不实，如果“差若毫厘”，则可能“谬以千里”。正如郭沫若所说，“科学是老老实实的学问，来不得半点虚假”。8000万人口的德国，竟然有2300多个世界名牌。德国之所以成为制造强国，用西门子公司创始人维尔纳·冯·西门子的话说："这靠的是德国人的工作态度，对每个生产技术细节的重视。"

要做到严谨踏实，必须守住学术诚信的底线。近年来，一些人为学位、为职称、为项目在研究中篡改实验数据，伪造研究结果，抄袭他人学术成果。这些都与工匠精神背道而驰。去年4月，英国某大型医学学术机构撤刊了43篇文章，其中41篇论文来自中国作者。"养花先养叶，养叶先养根"，我希望同学们在学习研究中对每一项调研、每一次试验、每一个数据、每一步推导，都要以认真负责的态度来对待；要坚持学术道德，恪守学术规范，言从理出，论由据起，把"文格"看如"人格"，绝不苟且，绝不权宜，否则终将害人误己。

其次，要勤奋务实。

勤奋务实是工匠精神的灵魂。古人云："业精于勤荒于嬉，行成于思毁于随。"做学问是一件辛苦的事，必须勤奋务实，不能有丝毫懒惰懈怠。但凡任何所谓的成功，无一不是勤奋努力的结果。美国作家马尔科姆·

格拉德威尔（Malcolm Gladwell）说："人们眼中的天才之所以卓越非凡，并非天资超人一等，而是付出了持续不断的努力。一万小时的锤炼是任何人从平凡变成超凡的必要条件。"

要做到勤奋务实，必须坚持刻苦钻研的精神。重庆大学12字校训，核心就是要"勤学业"。要"勤业"首先需要"敬业"。丘吉尔曾说，不能爱哪行才干哪行，要干哪行爱哪行。我希望同学们对待你们的专业，要选你所爱，爱你所选，将自己的专业当成心目中的"男神""女神"一样去爱慕、去追求。古人云，"其业有不精，德有不成者，非天质之卑，则心不若余之专耳，岂他人之过哉"[1]。我校电气工程学院蒋兴良教授主要研究极端恶劣环境下电网外绝缘、覆冰与防冰减灾，一年差不多三分之一的时间都在寒冷、高湿和缺氧等极端恶劣的地方，"扛锄头挖土石，磨起老茧像民工"，最终圆满完成了西电东送、三峡工程、

[1] 出自明代宋濂《送东阳马生序》。意思是学业不精通、德行不具备，不是因为天赋不够，而是思想不专注，这不是别人的过失。

青藏铁路特高压等重大项目50余项，先后获国家科技进步奖一等奖1次、二等奖2次。这告诉我们，术业有专攻。广学而博，专一而精；只有专注于自己的专业，踏实执着，加倍勤奋，方能有所成就。

第三，要创新求实。

创新求实是工匠精神的核心。就字面而言，“工匠”与“创新”似乎没有太多联系。“工匠”们日复一日专注于自己手头单调的工作，而“创新”强调的是创造和新鲜。但是，真正的创新并非无源之水、无本之木，单调、机械重复中的一点点思考并不断升华就成就了伟大的创新。工匠精神不是因循守旧，它是在传统基础上不断创造的过程，是一种传承与创新的并存。由此可见，工匠精神是创新的基础，创新是工匠精神的升华；工匠精神推动着创新的发展，创新精神又引领着工匠精神。工匠精神蕴含着一种创新的力量，不然，何来“匠心独具”？做学问是一个不断反复、不断创新、探求新知的过程，工匠精神是创新性人才必须具备的品质。

要做到创新求实，必须坚持大胆发现，勇于探索。这是因为，创新意味着要对旧理论、旧观念、旧结论的怀疑和突破，甚至要对权威进行挑战。科学研究是对未来的探索和创造，既要继承前人的成果，又要克服盲从并开拓创新。我希望同学们要结合自己的研究方向，多思考、多探索，找到适合自己的创新方法，叩开科学真理的大门，有所发现、有所发明、有所创造、有所作为，并在研究中体会和享受那种探求真理、克服困难、独辟蹊径、取得成功的愉悦。

第四，要淡泊平实。

淡泊平实是工匠精神的前提。做学问就是一场“精神苦旅”的修行，必须淡泊名利、心态平实，不能心气浮躁、追逐名利。当你在地面以下一百米的矿井进行环境测试时，当你在高海拔地区架空输电线路工作站采集数据时，当你在铁路货运站进行物流调控监测时，你也许会因为环境艰苦而敷衍了事，用“做一天和尚撞一天钟”的心态对待学问、对待学习，这样你将离工匠精神愈来愈远。爱因斯坦说，一个人的价值，应该看他贡献什么。只有树立起正确的价值观，“只问是非，不计利害”，我们才可能具备真正的工匠精神。

要做到淡泊平实，必须耐得住寂寞，经得住诱惑。今天这个时代，“外面的世界很精彩”，学校也并非一方净土，我们每天都经受着各种诱惑。但浮躁是做学问的“天敌”，我们必须要沉下心来，保持清静的心态，淡定从容、独守宁静。我们不能把学习仅仅当作找“饭碗”的工具，也不能把学习当作致富为官的平台，一切都应只“为求学而来”。同时，做学问是一件“慢活”，难以速成，我们要有“板凳要坐十年冷，文章不写半句空”的操守和毅力，要有“千磨万击还坚劲，任尔东西南北风”的耐心和定力。只有这样，才能做出真学问。

同学们，学校已明确了“树西南风声、创一流大学”的办学目标，正全面深化综合改革，推进“一流大学一流学科”建设。研究生是充满朝气和活力、富有创新精神的群体，是大学学术科研的生力军，也是办学质量、学术水平的重要体现。学校将进一步深化研究生教育改革，尽力给每位同学提供适宜的发展平台。作为校长和一名研究生导师，我热切期盼你们在重大这片学术热土上秉持工匠精神，把自己锻炼成科学研究的“能工巧匠”，潜心耕耘，敢于创新，勇攀学术高峰，为把重庆大学建设成为世界一流大学奉献才智，为实现中华民族伟大复兴的中国梦储备力量。

最后，祝愿大家在重庆大学度过美好时光！

谢谢大家！

平凡的世界会有人懂你

——在重庆大学 2015 届学生毕业典礼上的讲话

PINGFAN DE SHIJIE
HUI YOU REN DONG NI

2015年6月28日

亲爱的同学们：

时光流转，又一个夏天如约而至，校园里随处可见三五成群穿着学位服合影留念的身影，或嬉笑，或严肃，毕业的喜悦和离别的感伤都交织定格在这一瞬间。有时在办公楼前会“偶遇”照相的同学，落落大方地邀请我一起合影。品味同学们身着学位服的文雅气质，看着年轻脸庞绽放出的奕奕神采，对比几年前入学时的羞涩腼腆、怯手怯脚，我由衷地为你们感到高兴；即使再忙我都会停下脚步欣然应允，能在镜头前站在你们身旁见证你们的成长我非常荣幸。

当然，今天的毕业典礼才是你们大学成长最好的见证，尤其是今天的高温天气，烘托着现场热烈的气氛。在这庄严的时刻，我代表学校衷心祝贺你们圆满地完成了学业！我也很愿意和你们一道，向帮助你们一路走来的老师、同学、朋友以及家人表达最诚挚的谢意！

“时间太瘦，指缝太宽”[1]，日子总是不经意地从我们指缝间悄然溜走。相识犹如昨日，可离别就在眼前。经过这几年的学习生活，相信你们都“走进”了重大的怀里，重大也“住进”了你们的心间，你们在重大所结下的同窗情、师生谊都将成为你们今生挥别不了的眷恋。我知道，你们对学校也曾有所抱怨，吐槽热水不够热、饭菜不够香、网速有点慢、自习室的座位要靠“抢”……，你们的抱怨让我知道，尽管我们已经拥有了让外校学生羡慕的“别人家的空调”和“别人家的图书馆”[2]，但我们还必须让重大变得更好。不管怎样，无论苦乐，那些历历在目的校园往事都将成为你们一生永久的珍藏。

刚才，学校对优秀的毕业生进行了表彰，他们中有一路领先的学神学霸，有潜心学术的科研新星，有

[1] 源自安意如的作品《当时只道是寻常》，形容时间过得太快，总在你不经意间悄悄流逝。

[2] 网络流行语言，表达一种羡慕之情。

勇于开拓的创业达人，也有热心公益的青年志愿者，他们赢得了全场的掌声。但我在这里还要为台下众多积极努力、默默奋斗却未能获得表彰的同学们用力点赞。也许你的成绩不够拔尖，但是你风趣幽默、乐观向上，同学们都喜欢你的正能量；也许你没有发表高水平的科研论文，但是你熟读经典、才思敏捷，一不小心就能出口成章；也许你不具备创业的条件，没有创办自己的工作室，但是你兴趣广泛、推陈出新，把一个学生社团做得有模有样；也许你没有从事公益，但是你富有爱心、善解人意，是同学们心目中的“及时雨”，……这些看似平淡无奇，但是如果没有你们这一道道亮丽的风景，就成就不了重庆大学一幅幅精彩的画卷。从这一点来讲，你们都是最优秀的，我要为你们鼓掌！

其实，我们的人生也是如此，受环境、现实和自身条件的约束，我们不可能人人都成为常规意义的“成功者”，我们绝大部分人都只是社会中平凡的一员。你们从小学、中学到大学一路拼搏而上，经历着激烈的竞争，好像只有这样才是最优秀、才会被社会认可、才是成功者，而绝大多数人都是失败者。这样的评判有些狭隘，我希望把“成功”的内涵理解得更加深刻。今年“世界读书日”期间，“光明网”请我推荐书目，我推荐了路遥的《平凡的世界》。书中有这样一句话：“每个人的生活同样也是一个世界。即使最平凡的人，也得要为他那个世界的存在而战斗。”是的，一个人有一个人的世界，不同世界的比较毫无意义。我认为，只要你在自己的世界里，对人生充满希望，竭尽所能，发挥出自己的能量，那就是成功。正因为有了这样不同意义的成功，才构成了我们生活的丰富多彩和世界的五彩斑斓。或许，我们都是“远视眼”，总是活在对别人的仰视里，而忽略了身边的幸福。我想给大家说，我们都是平凡人，因为我们都来自“平凡的世界”；但我们都可以成功，只要我们在自己的世界里尽力去奋斗，把身边每一件平凡的事做好，你就是成功的人！

作为重大的毕业生，也是如此，我们不可能人人都成为社会所谓的“精英”，但我相信，即便我们作为社会平凡的一员也将是推动社会进步的中坚力量。我会看到你们，像散播于社会各处的种子，在自己的平凡世界里，生根发芽，茁壮成长；就像路遥说的那样，“既要脚踏实地于现实生活，又要不时跳出现实到理想的高台上张望一眼”，在实现自我价值和履行家庭与社会责任的过程中，影响和聚集起身边无数“平凡人”的力量，从而推动社会的发展、民族的复兴和国家的富强，在平凡中承载起我们重大人“复兴民族兮，誓作前锋”的社会担当。将来，不管你是手拿图纸，还是手捧话筒；是手持法槌，还是手握钢枪……，你勤劳的双手就是这个时代前进的“推手”！尽管你身处平凡的世界，但在平凡的世界里一定会有人懂你！

平凡是生活的常态，我们渴望有所“成就”，但一定要接受平凡。在时代进步的洪流中，向上不易，放下更难。在这个信息高速发展的时代，马云、马化腾的创业故事，乔布斯“活着就为改变世界”的满腔热血，各种铺天盖地的所谓“成功学”，通过网络把我们包围，在我们面前折射出一座座“成功”的海市蜃楼，如

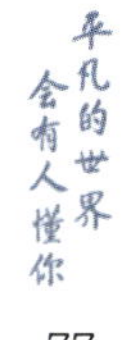

此之近，触手可及，似乎“成功”的钥匙就在手上。但在这个世界上，并不是所有“合理的”和“美好的”都能按照自己的愿望存在或实现。有了骄人的成就，社会会为你骄傲；但如果没有，与其在别人的辉煌里仰望，你不如亲手点亮自己的心灯，把握最真实的自己，做最好的自己，你一样能获得幸福的人生，并赢得家人、朋友的喝彩和社会的赞赏。现代诗人卞之琳说：“你站在桥上看风景，看风景的人在楼上看你。”有很多时候，我们往往不知道，自己在欣赏别人的时候，自己却成了别人眼中的风景。做一个平凡的人，宁静致远、宠辱不惊、淡泊名利，本身就是成功。

在英国流传着这样一段“墓志铭”：“当我年轻的时候，我的想象力从没有受过限制，我梦想改变这个世界。当我成熟以后，我发现我不能够改变这个世界，我将目光缩短了一些，决定只改变我的国家。当我进入暮年以后，我发现我不能够改变我的国家，我的最后愿望仅仅是改变一下我的家庭。但是，这也不可能。当我现在躺在床上，行将就木时，我突然意识到，如果一开始我仅仅去改变自己，然后作为一个榜样，我可能改变我的家庭；在家人的帮助和鼓励下，我可能为国家做一些事情，我甚至可能改变这个世界！”看了这样的人生感悟，我们应该有所启迪：伟大源于平凡，改变世界从改变自己开始。

人生不是一场志在必赢的竞赛，因为人生本就不是竞赛，没有输赢。人生是一个过程，不必太功利，也不要急于求成，忍耐、等待和进取是它的必修课，撒下一粒种子，不问花开，也许不经意间就到了开花结果的那一天。

同学们，从母校起程的人生列车已经停靠在你的身旁，悠扬的汽笛正在离别的喧嚣中回荡。“笔下画不完的圆，心间填不满的缘”[1]，都是母校对你们永久的期盼和挂念！挥别昨天的你，怀着离别的情，带着勇敢的心，在广阔的天地里，奔跑吧，同学们[2]！

谢谢大家！

---

[1] 电影《何以笙箫默》主题插曲中的歌词，表达对母校依依不舍的情感。

[2] 借用浙江卫视正热播的综艺节目《奔跑吧兄弟》，鼓励同学们勇敢地走向社会。

让重大精神指引你前进的方向

——在重庆大学 2015 级本科生开学典礼上的讲话

文字斋

PINGFAN DE SHIJIE
HUI YOU REN DONG NI

2015年9月12日

亲爱的同学们：

怀着相同的追求与梦想，凭着同样的坚毅与执着，6325名优秀学子今天相逢嘉陵江畔，齐聚歌乐山下，携手走进彼此共同向往的重庆大学。此刻，作为校长，我要衷心祝贺你们在刚刚过去的高考中蟾宫折桂，也代表重大全体师生热情欢迎你们成为光荣的“重大人”！

从今天起，你们就和重大结下了终身的“学缘”，可谓“学在于斯、缘定于此”。在这里，春有樱花烂漫、夏有荷叶连连、秋有银杏金黄、冬有蜡梅飘香，无论是晨曦山色，还是夕阳湖光，都令人神怡心旷；在这里，传统与现代共融、科技与人文并举、大师与学子相长，涵养书香、学术日新的重大将陪伴你们度过人生最美好的时光！

这美妙的光景曾是多少重大先辈的期盼！八天

前“抗战胜利日”阅兵让我们不禁为祖国的强大而感到自豪，也深切感受到强大祖国与个人命运是如此息息相关。1929年，重庆大学诞生于风雨飘摇的年代，与重庆建市同年。建校后不到两年，日本帝国主义就发动了侵华战争，从此，重庆大学就与国家和民族的命运紧紧相连。抗战时期，国民政府内迁重庆，重庆同华盛顿、伦敦、莫斯科一道被列为世界反法西斯四大指挥中心。重庆军民面对日寇飞机持续五年半的疯狂轰炸，以坚韧不拔的精神为世界反法西斯战争做出了巨大牺牲和重大贡献。作为这座英雄城市的最高学府，重庆大学奋发图强，广大师生同仇敌忾，一边坚持教学科研，一边积极投入抗日救亡运动和直接对敌作战，用热血和生命谱写了可歌可泣的英雄壮歌。今天，我就给大家讲讲“重大人”的抗战故事。

我们先从重庆大学的创始人刘湘说起。刘湘是民国时期川军统帅、四川省主席，作为重庆大学主要创始人，于1929年至1935年出任第一任校长，为重庆大学的起步做出了不可磨灭的贡献。1937年“卢沟桥事变”后，刘湘在国民政府国防会议上极力主张“全国总动员，与日本拼死一决”，慷慨陈词近两小时，明确反对“攘外必先安内”的政策，主动请缨出川对日作战。会后，出席会议的中共代表周恩来、朱德、叶剑英等亲临刘湘寓所访问，赞誉他积极抗战的决心。身边人劝多病的刘湘不必亲征，留在四川。刘湘说：“过去打了多年内战，脸面上不甚光彩，今天为国效命，如何可以在后方苟安！”之后，刘湘亲率部队出川抗战，但在抗战前线突发疾病，1938年在汉口去世，逝前留有遗嘱：“抗战到底，始终不渝，即敌军一日不退出国境，川军则一日誓不还乡！”刘湘的遗嘱极大地鼓舞了前线川军的士气，每天升旗时，官兵必同声诵读，以示抗战到底的决心。这就是值得我们尊敬的刘湘校长！

第二个故事讲的是我国无线电研究的创始人、中国赴北极科考第一人、重庆大学电机系教授冯简先生。冯简教授1924年在美国康奈尔大学硕士毕业，1938年受聘我校电机系，担任教授和系主任，1941年至1949年担任我校工学院院长。抗战初期，冯简教授作为资深专家在重庆主持修建了我国第一座35千瓦短波电台，即“中国国际广播电台”。1941年“珍珠港事件”爆发后，远东反法西斯各盟国电台尽落入日本之手，该电台成为盟军在远东唯一可用的联络枢纽。当时在重庆的国外记者都利用这个电台转播和发稿，军国主义的罪行和中国不屈的声音都是从这里源源不断地向全球发出的。日寇深感头痛，周密部署对其重点轰炸，但该电台躲过重重劫难，在冯简教授和学生们的精心维护下雄鸣不止，使其成为一座坚不可摧的精神丰碑。无可奈何的敌人感觉“无休止”的电台声音就像令人烦躁的蛙声，谑称此电台为“重庆之蛙”。1945年8月“日本无条件投降”的消息就是从“重庆之蛙”传遍中华大地的。

抗战期间，重庆大学遭到日军多次轰炸，师生伤亡和财产损失十分惨重。其中，建成不到十年蔚为壮观的行字斋和工学院两栋大楼正中炮弹，行字斋被夷为平地，所幸工学院大楼经修复后保留了下来，也就是现在A校区的“二教”。当时，师生们在废墟中利用破碎的砖石搭建起一座大轰炸纪念碑，纪念碑至今依然矗立在“二教”旁。战争是炼狱，亦是熔炉；敌人愈残暴，我们就愈坚强。刚刚诞生且还处于羸弱中的重庆大学历经这场劫难，不但没有被摧毁，反而在这场波澜壮阔的战斗中，由一个“懵懂少年”迅速成长为一位成熟的“有志青年”，以坚强的意志始终与国家和民族同呼吸、共患难。师生们积极参加抗日救亡运动，深入社会各阶层发表演说，表达和号召与日本侵略者奋战到底的决心；邀请周恩来同志到学校来作形势演讲，师生们深受鼓舞，更加坚定了抗战必胜的信念，掀起了抗日救国的新高潮；40级机电专业学生何其忱投笔从戎，赴美受训后成为“飞虎队”的一员，任B-25型轰炸机机长，屡建战功。重大还积极发挥教育大后方的作用，以宽广的胸怀毅然向内迁至重庆的中央大学伸出了慷慨的双手，提供土地、搭建校舍支持其办学；广泛吸纳各方优秀人才到校任教，大师云集，名家荟萃，构筑了当时中国教育事业的一块高地。主动发挥文化大后方的作用，倡导成立“沙磁文化区”，带头掀起了教育救国、科学救国的热潮，使“五四”新文化运动的精神在这里得到传承与发展。充分发挥学术大后方的作用，师生亲手开挖防空洞，建地下实验室，“顶着轰炸”坚持教学科研；教授们发挥专业特长，服务战时社会需要，建筑系黎抡杰教授就防御空袭专门开展了“防空建筑及战时城市规划”的研究，为重庆防空建设提供建议和指导，抗战胜利后由他主持设计了“抗战胜利纪功碑”，即现在的重庆“解放碑”。

这场生命与死亡、和平与战争、光明与黑暗、文明与野蛮的决斗，锤炼出我们薪火相传的“重大精神”，那就是振兴中华、匹夫有责的爱国精神，崇尚学术、追求真理的科学精神，勤俭朴实、吃苦耐劳的奋斗精神，锐意进取、勇于创新的时代精神。她根植于巴渝大地朴实无华的淳朴民风，与山城儿女顽强不屈的精神同根同源，凝结成我们“耐劳苦、尚俭朴、勤学业、爱国家”的校训。她犹如黑暗中的火炬，照亮重大人进取的道路。在重大精神的指引下，学校始终与国家同风雨、共命运，与时代同前进、共发展，始终以敢为人先的勇气，站在高等教育改革的前列，赢得了学校发展中的每一次重大机遇，发展成为国家高等教育格局中具有重要战略地位的一所大学；广大学生以拳拳报国之志，刻苦用功，勤奋努力，成长为一批批行业精英和国家栋梁，为民族独立、人民解放、祖国繁荣和人类进步做出重大贡献！

历史的车轮滚滚向前，今天，这把精神的火炬传递到了你们的手中，并将继续引领你们在自己所处的时代追求卓越、创造历史。一代人有一代人的际遇和机缘，一代人有一代人对重大精神的诠释，你们作为重大的“新人”，我想给你们几点建议。

首先，胸中有情怀，肩上有担当。

“情怀”就是“天下兴亡、匹夫有责”的“家国情怀”。家是最小国，国是千万家，要深刻明白个人命运与国家命运紧密相连。你们十分幸运，身处一个伟大的时代，这个时代比历史上任何时期都更接近实现民族复兴的目标。所以，今日之中国需要你们成为担当有为的青年，而不是潜水围观的看客。你们要更多地关心国家、关心人民、关心世界，正如重大校歌所言“复兴民族兮，誓作前锋”，年轻的你们应当勇敢地走向前列，以家国情怀书写壮丽青春，以使命担当承载民族希望，迎向时代赋予青年“奋进者”“开拓者”“奉献者”的夺目荣光！

其次，头上有星空，脚下有行动。

“头上有星空”就是要有远大志向和理想。古人云：“志不立，天下无可成之事。”所以，做人必先立志，而且只有把个人的理想与国家、民族的理想有机结合才不会失去实现理想的土壤。要“仰望星空”也要“脚踏实地”，没有实际行动再好的理想都是无源之水、无本之木。为实现理想要锲而不舍、持之以恒、矢志不渝；要勤勤恳恳、踏踏实实，不游戏人生，不浪费时光。在丰富的课堂学习和实践活动中，学会学习、学会做事、学会做人，学会和谐共处、学会适应瞬息万变的世界。要注重内心修炼，培养健全人格，增强公民意识，坚守做人原则和道德准则，“扣好人生第一粒扣子”。

第三，眼里有世界，心中有宁静。

在这个信息化高度发达的时代，大学校园与社会的“围墙”已不复存在，社会的纷繁喧闹打破了宁静的校园。在社会发展的滚滚洪流中，我们很难也没有必要去避开真实的社会，应该以开放的姿态适应这种改变，享受科技给生活带来的便利，并运用快捷的手段去认识这个世界。需要我们注意的是，认知世界的碎片化所导致的思维取向的直观化正成为一种“流行”，生活世界的浅显化所导致的精神状态的平庸化正成为一种“潮流”，校园也难免有些浮躁。作为大学生，我们不能放任自己随波逐流，应该为学习寻求一份不受干扰的宁静。真正的宁静不是避开“车马喧嚣”，而是在心中“修篱种菊”。这样你们才能在纷呈世相中不迷失荒径，怀着对梦想的追求，把自己的心沉寂下来，给自己营造一个良好的学习环境。

同学们，“红日初升，其道大光；河出伏流，一泻汪洋”[1]。你们是重大的未来，承载着重大人的希望。你们要始终秉承“耐劳苦、尚俭朴、勤学业、爱国家”的校训，立青云之志、揽万卷之文、汲文明之华、成恢宏之业，让重大精神指引你们前进的方向！

谢谢大家！

[1] 引自梁启超（1873—1929）的《少年中国说》。

做学问需要怎样的心境？

——在重庆大学2015级研究生开学典礼上的讲话

PINGFAN DE SHIJIE
HUI YOU REN DONG NI

2015年9月10日

亲爱的同学们：

大家上午好！

每当民主湖畔桂树飘香，美丽的重大校园就会迎来新的面庞。又到一年开学季，由于2015级4600余名研究生新同学的到来，校园里洋溢着盎然生机。首先，我代表学校对你们表示热烈的欢迎，也祝贺你们通过自己的努力，如愿进入重大这座学术的殿堂，在这里继续攀登人类思想与科学的高峰，开启人生又一新的篇章！

同时，也要感谢你们信赖与钟爱，把优秀的自己"托付"给重大。重大是一块学术的热土，值得你们信赖。从1929年创办之时，重大就向世人庄严地宣告"研究学术、造就人才、佑启乡邦、振导社会"，并始终坚持把“研究学术”作为学校的立校之本和办学之基。八十多年来，秉承优良的办学传统，重大在学术研究的道路上创造了中国科学界的多项第一：成功创建了国内第一座35千瓦短波电台；成功研发了我国化工史上第一批棓酸塑料；冯简教授成为中国的北极科学考察第一人；乐森璕教授第一个发现了3亿年前古生物鱼类化石；丁道衡教授第一个发现了白云鄂博铁矿；成功研制了国内第一台工业CT机；获得中国高校第一个国家发明奖和第一个城市规划国家科技进步奖……作为校长和研究生导师，我热切期盼你们在这片学术热土上潜心耕耘，衷心希望你们在“耐劳苦、尚俭朴、勤学业、爱国家”的重大精神感召下得到学术的锻炼、智慧的启迪、心志的砥砺和人生的成长。

每年在研究生开学典礼上，我都会围绕“做学问”和“创新”的话题与同学们交流探讨。我知道，大家早就过了能被说教的年龄，所以，我更多的是想与大家分享我个人的一些感悟和体会。记得前年我和同学们探讨了“怎样做学问”，去年和同学们交流了“做学问需要怎样的精神品质”，今天我想以“沉心、沉思、沉淀”为题和大家谈谈“做学问需要怎样的心境”。

首先，要学会“沉心”。

“沉心”，就是沉心静气，沉下心来做学问。当今社会网络发达，信息传递飞速，生活节奏不断加快，人们也不停地追赶着潮流，已经进入了一个“有耳必闻窗外事”的时代，宁静的校园难免有几分浮躁。居里夫人在科学上取得了巨大成就，她在《我的信念》一文中说道：“我永远追求安静的工作和简单的生活。为了实现这个理想，我竭力保持宁静的环境，以免受人事的干扰和盛名的渲染。”诸葛亮在他的《诫子书》中说道：“夫君子之行，静以修身，俭以养德。非淡泊无以明志，非宁静无以致远。夫学须静也，才须学也。”由此可见，不仅“修身”需要静思反省，“求学”更需要一种宁静的心境和放松的心灵。**学问之道，唯有以内心的深潜才能成就思想的升华，不让你的思想“沉陷”。**

要内心的深潜，不但需要清静的环境，更需要保持自己清静的心态。现代大学校园，已经难觅“采菊东篱下，悠然见南山”的静景，但我们可以拥有陶渊明那种“问君何能尔？心远地自偏”的心境，保持一种内心的平和安静，让心灵超凡洒脱，自然会幽静邈远。有时，我们很难也没有必要躲开纷繁喧闹的世界，一个纯正安静的学习环境已不复存在。我们只有怀着对学问的追求，把自己的心沉寂下来，才能给自己营造一个良好的学习环境。只要守住心灵的安静，即使杂音绕耳，也会心不动，行不乱。一个人安静与否在于心灵，心灵的安静也只有自己知道。你能寻求安静的自己和属于自己的安静，就能徜徉书海，品味书香，吮吸着智慧的芳华，让思想不断升华，学问不断提升。

要内心的深潜，就要淡泊名利，涵养心性。为名者被名累，逐利者被利逐。做学问不能心浮气躁、急功近利，要有一份“功到自然成”的耐心和定力，“积土成山”才会“风雨兴焉”；“积水成渊”方能“蛟龙生焉”。潜龙在渊，卧薪尝胆，方成大器。我们要谨记：浮躁是创新的“天敌”，“学术不端”是创新的“毒瘤”，任何抱有侥幸心理的行为走上的都是一条不归路。无利欲则心静，心静则明朗。世间万物苟非吾之所有，唯宁静的心性真正属于自己。

其次，要学会“沉思”。

“沉思”，就是独立、认真、深入的思考。胡适说，科学研究就是“大胆假设，小心求证”。那么，“胆”从何来？我认为“胆”应该从“沉思”中来。古人云：“学起于思，思源于疑。”爱因斯坦也说过：“学习知识要善于思考，思考，再思考。”思考是知识消化、吸收的过程，是知识深化、升华的关键，是催生思想，启迪思维的酵母。学习要有所思、有所悟。**学问之道，唯有以思考的深邃才能成就思维的活跃，不让你的思维“沉寂”。**

要思考深邃，必须具有独立思考的能力。当前我们处于一个信息高度发达的社会，网上信息越来越多，获取信息越来越简单，也正因为这种“简单”，很多人不愿再去独立思考，不管正确与否，都照单全收、人云亦云，致使每个人的认知越来越趋同，个人思维的能动性在某种意义上被网络消减。我并非否定网络带来的便利，只是想让同学们不要做网络的奴隶，而要去做网络的主人，勤于思考、善于思考、辩证思考，利用网络去创造新的思想。

要思考深邃，必须具有批判思考的能力。创新离不开批判，批判是创新的源泉。爱因斯坦说，“提出一个问题往往比解决一个问题更重要。”做研究不要受已有结论的束缚，要敢于质疑，敢于拓展新的领域和视角。质疑不是简单的拒绝，而是要有理有据。在学术争辩中也要尊重他人、审视自己，平等地对待批评和被批评。

要思考深邃，必须具有综合思考的能力。“学问观其会通”是学者应该追求的境界，不仅能在本学科领域融会贯通、博采众长，还要让自己具备跨学科的视野和思维，用现在时髦一点的话讲，叫“跨界发展”。我希望同学们在未来的学术道路上，通过学习努力掌握多学科的理论与方法，不管是领域的交叉，还是思维的借鉴，对你的研究都会大有帮助。

第三，要学会“沉淀”。

“沉淀”，就是学习的感悟和积淀。鲁迅说：“有一分劳动就有一分收获。日积月累，从少到多，奇迹就可以创造出来。”华罗庚也说过：“聪明在于学习，天才在于积累。”有人认为，50岁的成就来自18岁的志向和30年的血汗。知识的获得，在于点滴的积累、充实，有了量的积累才会有质的飞跃。但是，真正的大学问家，不只是善于积累专业知识，更重要的是他们的人格魅力和人生境界。**学问之道，唯有以积淀的深厚才能成就境界的提升，不让你的境界“沉沦”。**

要有深厚的学养，必须培养“为人”的品格。爱因斯坦说过一句话：“大多数人都以为是才智成就了科学家，他们错了，是品格。”我认为，“为学”之道亦即“为人”之道，为学之勤、之严、之实，其为人也必勤、必严、必实；为学之浮躁，其为人也必是浮躁之人。我们敬重科学家，不仅是因为他们的才智，更因为他们高尚的品格、宽阔的心怀和对社会、国家、人民强烈的责任心和献身精神。我们要在导师的言传身教和严格的学术训练中，树立不甘平庸、不怕失败、追求卓越的人生态度，培育艰苦奋斗、锲而不舍的进取精神，培养团结协作、诚实守信的优良品质，锻炼爱岗敬业、精益求精的职业操守，修炼为学之道和为人之道，蓄养浩然之志气，开创未来恢宏的人生境界。

要积淀深厚的学养，必须学会"为事"的方法。前面我讲的都是做学问，可能有很多同学会说我毕业后未必从事学术研究。是的，也许你今后不需要"创新"一篇论文，但是我们需要通过学术研究来培养你创新的意识和适应创新要求的能力；也许你今后不需要"创造"一台设备，但是我们需要通过学术研究来培养你创造的思维和开展创造性活动的能力；也许你今后不用"创业"做一个老板，但是我们需要通过学术研究来培养你创业的激情和创业的能力。这些意识、思维、激情、能力，我想不管你今后从事什么职业，社会都是急迫需要的，这才是我们"创新创业教育"的真正内涵。所以，同学们要在大量的思考和实践之后，好好总结你们从事学术研究的方法，我相信在研究生阶段形成的"方法论"，将有益于你们未来取得杰出的成就。

同学们，今年是中国人民抗战胜利70周年，一周前“抗战胜利日”阅兵给我们留下了深刻的印象，尤其不能忘记的还有两个数字：抗日14年，军民伤亡3500万。无论是时间的长度还是伤亡的程度，都足以让我们铭记历史、警示未来。抗日战争给中国人民留下了一条深刻的教训，那就是“落后就要挨打，发展才能自强”。当今时代，创新能力就是国家和民族的核心竞争力，创新驱动已成为国家发展战略，惟创新者进，惟创新者强，惟创新者胜。一代人有一代人的舞台，一代人有一代人的使命，你们这代人理所当然应该肩负起创新型国家建设的重任，无论是国家、社会，还是学校，都对你们充满了无限的期待。在你们人生最美好的岁月，你们选择了重庆大学作为自己梦想启航的“加油站”，希望你们继承和发扬重大的优良传统，珍惜时光、沉潜精进、学有所成，为中华民族的伟大复兴蓄积更强能量、奏响更强乐章！

谢谢大家！

青春是一道永不落幕的彩虹

——在重庆大学 2014 届学生毕业典礼上的讲话

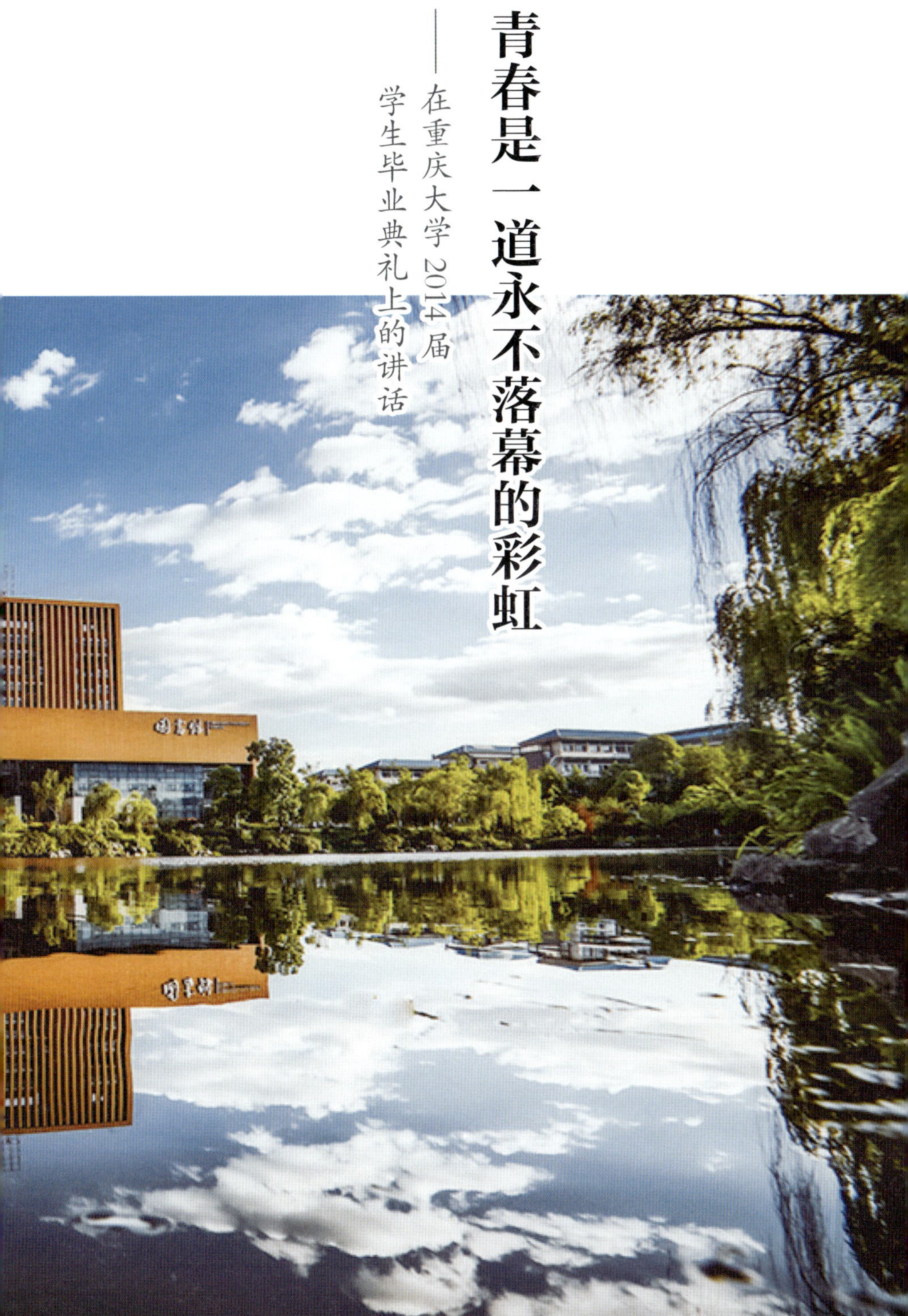

PINGFAN DE SHIJIE
HUI YOU REN DONG NI

2014年6月29日

亲爱的同学们：

凤凰花开[1]，又到一年离别和欢送的时节。每当这个时候，校园里就激荡着一种复杂的情感。这几天，漫步在校园里，你可能有些许惆怅，亲近多年的菁菁校园即将与之分别，不由感叹“时间都去哪儿了”[2]；你也许还有一点“小兴奋”[3]，憧憬着未来拥有无尽可能的人生旅程，规划着自己“稳稳的幸福”[4]。还好，伴随着这种复杂的情感，我们有热火朝天的“散伙饭”，在推杯换盏间表达着你我的深情厚谊；有熬更守

---

[1] 凤凰花开——引自流行歌曲《凤凰花开的路口》，这是一首关于大学毕业离别的歌曲，轻声地诉说着一个关于青春，关于成长的故事，表达了对同学、老师、校园的一种不舍和留恋。

[2] 引自流行歌曲《时间都去哪儿了》。2014 年 2 月 7 日，国家主席习近平在接受俄罗斯电视台专访时，提到了春晚歌曲《时间都去哪儿了》，因此更加流行。

[3] 网络语言。

[4] 源自流行歌曲《稳稳的幸福》。

夜的“世界杯”[1]，在痛快欢呼中排解着彼此的离愁别绪；有绿草如茵的“情人坡”[2]，在卿卿我我中互道珍重。更让人意外的是，重大“史上最凉快的毕业季”[3]居然被你们遇上，同窗的情谊伴随着这份清凉，你们也要且行且珍惜！

此时此刻，你们沐浴着毕业的荣耀和喜悦，我代表学校向你们表示衷心的祝贺！在这重要和激动的时刻，也请你们和我一道，感谢这一路帮助你们走来的老师、同学、朋友和家人！

岁月静好，似水流年，转眼又是毕业季。毕业季即收获季，在这所底蕴深厚的学府里，记录了你们太多值得回忆的青春故事，你们也收获了人生最宝贵的财富。几年前，你们还是局促不安的懵懂新生，现在破茧成蝶般、业已成为意气风发的阳光青年。你们在这里接受了知识的洗礼、智慧的启迪和人格的熏

[1] 2014年6月12日至7月13日，2014年第20届世界杯足球赛在巴西举行，正好与毕业季重合。

[2] 重庆大学虎溪校区景点名称。

[3] 6月的重庆十分炎热，但2014年6月29日上午举行毕业典礼时，天下起了大雨，同学们虽然都穿着雨披，却感受到几分凉爽。

陶，也留下了奋进的足迹。你们与母校结下的不解情缘将永远成为生命中最重要的一部分。从今天开始，你们将完成“学生”到“校友”的转变，和以往所有重大的毕业生一样，将永远打上“重大人”的烙印，共同承载起“耐劳苦、尚俭朴、勤学业、爱国家”的文化符号，深切感受重大文化赋予你的品格、价值和力量，帮助你走近人生的梦想。你们的未来就是重大的未来！

同学们，母校是美丽人生路上的一处驿站，你们终将离开这里去面对新的生活和新的挑战。大学之所以让我们这般留恋和回味，是因为这里记载着我们最灿烂的青春年华。毕业季即青春季，谈及青春，好像总有那么一丝留恋，因为毕业似乎意味着青春渐行渐远。电影《致我们终将逝去的青春》掀起了一股青春怀旧的热潮，正是切中了“青春散场”[1]的心理。但我以为，终将逝去的只是大学时光，青春不会随着毕业而消逝，你们的青春是一道永不落幕的彩虹！

[1]《青春散场》是一首流行歌曲，歌词带着一种青春逝去、朋友分别的落寞感伤。

校园的青春之所以美好，因为它是纯真的，有着“不食人间烟火”的圣洁；它是骄傲的，坚信“天生我材必有用”的信念；它是热情的，有着扬善弃恶的品质；它是勇敢的，毫不畏惧别人的眼光和前路的风险坎坷；它是理想的，总有一份以天下为己任的豪情万丈。感慨青春易逝，其实更多的不是因为年华已老，而是心境已不似当年。从某种意义上讲，青春与年龄无关；有些人年纪尚轻，但心灵已经枯萎；有些人虽然已是伏枥老骥，却仍然志在千里。岁月催生的只是皱纹，但你若放弃青春，心灵就会布满灰尘。其实，青春不是逝者如斯的年华，而是积极向上的心态。

那么，青春是怎样的一种态度？它是遵从内心的真实倾听，是憧憬美好的激情燃烧，是追逐梦想的执着坚守，是勇于批判的独立人格，是“天下兴亡，匹夫有责”的社会担当。同学们毕业走向社会，从此进入成人的世界，心智将会逐渐成熟。但“成熟”不等于磨去棱角，不等于平庸世故，不等于青春的夭亡。身处纷繁复杂的社会，面对众多的人生抉择，“青春”的心态不应老去，“年轻”的勇气不应丧失，我希望同学们永葆一颗年轻的心，让“青春”常驻心间。

保持一颗青春的心，能让你真实地认知自我。

“人贵自知，自知者明。”一个人最重要的是对自我的认知，很多人失败不是因为不优秀，而是对自己认知不正确，不知道自己的目标和追求。在这个问题上，我们本能地希望能找到现成的答案，希望有人能直接告诉自己应该怎样去生活，但没有人能告诉我们。每个人的生活都是自己的，自己的问题应该由自己来回答。

青春是单纯的，也是富有理想的。保持青春的心态，我们就能在单纯中倾听自己内心真实的声音，在理想中定位最真实的自己，从而找准方向，珍惜天赋，发挥特长。如果圆滑的人笑话你不够“成熟”，如果聪明的人认为你不够明智，请你不用害怕和在意，你大可不必去效仿他人所谓的成功范本，而应选择倾听自己内心的呼唤，做你最好的自己！

保持一颗青春的心，能让你乐观坚守梦想。

“靡不有初，鲜克有终”[1]。筑梦易，追梦难，实现梦想需要坚强的意志和执着的坚守。我们生活在一个深刻变革的时代，互联网的飞速发展，使得新生事物如雨后春笋般层出不穷；市场经济的泥沙俱下，使各种思潮不断涌现。当功利、浮躁等思想逐渐侵扰“梦想”这块净土，梦想的绚烂是否能抵抗住“具体琐碎”的消解，万丈雄心是否能承受“平庸世故”的消磨？

青春是坚韧的，也是富有激情和创造的。保持青春的心态，我们就具备了实现梦想所需要的坚强意志、执着坚守和乐观积极的态度。青春也是勇敢和骄傲的，保持青春的心态，我们就会勇于批判，摈弃随波逐流，不受他人摆布，不做功名的奴隶，不做欲望

[1] 这是《诗经》中的一句话，意思是说人们做事大都有一个良好的开端，但很少有人能够善始善终。

的俘虏，就能做到稳重自持、从容自信、坚定自励，不忘初心，方得始终！

保持一颗青春的心，能让你承担起应有的社会担当。

“苟利国家生死以，岂因祸福避趋之。”事不避难，敢于担当，国家就有前途，民族就有希望。我国社会正处于转型期，各种社会矛盾相互交织，多元文化错综并呈。走出校园，你们可能会遇到更多的疑惑，可能碰到更多的“三观尽毁”“节操尽碎”[1]。老人倒地扶不扶？路见不平吼不吼？乞丐伸手给不给？媒体澄清信不信？爱心捐款捐不捐？……这些曾经在“思想品德”课中再简单不过的问题，现在都让我们纠结于心。

青春是热情的，也是富有正义感的。保持青春的心态，我们就能坚守自己的信仰，明辨是非、扬善弃

[1] 网络常见用词。泛指那些颠覆世界观、人生观和价值观，破坏了气节、操行，丧失原则、道德的人和事。

恶，远离欺诈与罪恶，走出平庸与狭隘。社会虽然不尽如人意，但大众的良知和社会的底线仍然守护着善良。作为重大的毕业生，必将成为社会的中流砥柱，我们要肩负起“天下兴亡，匹夫有责”的社会担当，在社会中引领道德风尚。作为校长，我不求我的学生人人都成为社会精英，但我希望你们人人都能成为爱国、守法、诚信、知礼的现代公民，在社会上赢得尊重，在岗位上值得信任，在家庭里可以依靠。我不求你们个个“达官显贵”，但希望你们人格完整、生活如意、幸福安康！

同学们，就要和你们说再见了。站在这里，我就像一位送行的长者驻足凝望，盼望你们一帆风顺，一生幸福。今后，不管你正值春风得意居庙堂之高，还是等待厚积薄发处江湖之远，母校都欢迎你们回来看看。母校将以博大的胸怀迎接你们，和你们一起分享成功的喜悦，一起排解心中的忧愁。我相信，母校给予你们的，除了美好的回忆，还有不竭的动力、坚定的信念和快乐的源泉！

我想起一首歌，“又到凤凰花开放的时候，……，染红的山坡，道别的路口，……，有我最珍惜的朋友”——同学们，再见！

祝你们平安、快乐、幸福！

你的大学，你的舞台

——在重庆大学2014级本科生开学典礼上的讲话

PINGFAN DE SHIJIE
HUI YOU REN DONG NI

2014年9月12日

亲爱的同学们：

今天美丽的虎溪校园又迎来了朝气蓬勃的新生力量，你们的到来为重庆大学注入了新鲜的血液，使今日重大更加生机盎然、英姿勃发。重大校歌有言，“考四海而为俊，障百川而之东”[1]，你们经过多年的奋斗，在求学路上脱颖而出，来到了梦寐以求的大学，看着你们青春洋溢的笑脸，意气风发的神情，我由衷地为你们感到骄傲，我也为重大“得天下英才而育之”感到自豪。在这里，我代表重庆大学全体师生员工，欢迎各位新“重大人”的“倾情加盟”，期待你们追寻人生更高的梦想！

[1] 引自《重庆大学校歌》。“考四海而为俊”的意思是聚天下英才而育之；“障百川而之东”出自韩愈《进学解》中的“障百川而东之，回狂澜于既倒”，意思是阻挡千百条江河使之向东流去，把汹涌的波涛挽转回来，寓意教育学生使之成才。

刚刚过去的暑假，对于你们来说，可能在期盼中感觉有些“漫长”。从拿到录取通知书的那天起，就一天天地憧憬着“如果在重大遇见你”的韶华时光，向往着“嘉陵江畔度青春”[1]的历练成长，等待了这么久，今天我们终于在重大相遇。初次踏上这片土地，心情肯定无比激动，山水之城没有传说中的氤氲雾绕，而是山明水晰、错落有致；虎溪校园也没有想象中的那样森严老成，而是风景如画、灵动朝气。你们可能未曾预料，这座城市，这所学校，这里的人们，将与你们的未来紧紧相连、情牵一生。

刚刚进入大学的你们，既充满了激动，也充满了豪情，可谓“春风得意马蹄急”，所以想着“一日看尽长安花”，对大学生活跃跃欲试，但又不知从何做起。西方有句名言，“好的开始，等于成功了一半”；我们古人也讲，“千里之行，始于足下。”初到大学，你们

[1] 引自当代著名画家、美术教育家吴冠中题词。1942 年，吴冠中于国立杭州艺术专科学校毕业后，任重庆大学建筑系助教。吴冠中说重庆是他的福地，青春与爱情都在此闪光。于是他带着深厚的感情于 2002 年新春时节为嘉陵江畔的岁月留下题词：“蜀中忆，最忆是重庆，嘉陵江畔度青春”。而今吴冠中题词的雕塑位于重庆大学 B 校区第二综合楼前。

面临的首要问题是如何迈好第一步。只有明白了什么是大学，大学能给你带来什么，你们才能为自己的未来做好科学的规划，才不至于在大学里做一名“匆匆过客”。我想，这是我作为校长在开学典礼上最应该给你们谈的话题。

什么是大学？在我们虎溪校区孔子广场的《大学》文化墙上这样开宗明义：“大学之道在明明德，在亲民，在止于至善。”虽然这里的《大学》并非我们今天所讲的大学，但我认为其内涵是一致的。《大学》所推崇的“格物、致知、诚意、正心、修身、齐家、治国、平天下”的人生境界，理应成为我们大学的理想和情怀。

大学并非只是传授知识的场所，大学之所以为“大”，不仅因为她是知识的殿堂，她还是传承文明的载体、时代精神的象征、社会风尚的灯塔、人类的精神家园。一所好的大学一定是有灵魂的大学。所谓灵魂，就是一所大学独特的传统、文化和精神。重庆大学创办于1929年，在救国图存的时代呼唤中应运而生。建校不久，借重庆作为战时陪都之利，人才荟萃，大师云集，在20世纪40年代重大就发展成为当时中国学科门类最为齐全、综合实力最为雄厚的十所国立大学之一，为学校发展奠定了优良的办学传统和深厚的文化底蕴。建校八十五年来，重大坚持以“研究学术、造就人才、佑启乡邦、振导社会”为己任，胸怀“建完备弘深之大学”的梦想，在困难曲折中艰难创办，历战火纷飞，经院系调整，从单科性恢复综合性，从“211”到“985”……，励精图治，踔厉前行，锤炼出“耐劳苦、尚俭朴、勤学业、爱国家”的重大精神。她根植于巴渝大地朴实无华的淳朴民风，与山城儿女顽强不屈的“红岩精神”同脉相承，正如重大校园里的黄葛树，即使置身于悬崖峭壁，也迎风昂首，奋力茁壮，一半沐浴阳光，一半洒落荫凉。她体现的是振兴中华，匹夫有责的爱国精神，崇尚学术、追求真理的科学精神，勤俭办学、吃苦耐劳的奋斗精神，锐意改革、勇于创新的时代精神。在重大精神的感召下，这里培育出了一批批杰出的校友，为民族独立、人民解放、祖国繁荣和人类进步做出了不可磨灭的贡献！

学生在大学里不仅获得知识，更重要的是懂得做人做事的道理。著名教育家曹云祥先生[1]说：“所谓大学，并非专事诵读记忆而已，是欲养成高尚完全之人格，为立足社会之准备。”所以，我认为：大学之于学生，一是滋养学识，二是涵养心灵，即知识的获得和人格的养成；良好的大学教育能赋予学生做人的“本真”、学习的“本事”和做事的“本领”。然而，实现最好的教育效果，需要学校和学生的共同努力！

重庆大学始终把“造就人才”作为最根本的使命，把为学生提供最好的教育当作最重要的责任。蔡元培先生讲：“教育是帮助被教育的人给他能够发展自己的能力，完成他的人格，不是把被教育的人造成一种特别的器具。”长期以来，重庆大学紧紧围绕“立德树人”这个根本任务，坚持“育人为本”，努力为学生发展提供自由、开放、多元的教育环境，通过滋养学识、陶冶情操，最大限度地启迪学生智慧、培育学

[1] 曹云祥（1881—1937），1922—1928 年任清华学校第五任校长。

生创新精神，帮助学生树立正确的人生观和价值观，教会学生明辨是非、勇于担当、关注社会、善待他人，在知识、能力、素质上得到全方位的发展，把学生造就成未来社会的栋梁之材和中坚力量。无论是过去还是现在，无论是国内还是国外，无论大江南北、五湖四海，无论你走到哪里，都能看到重大人奋斗的足迹和身影，感受到重大人对国家、对民族、对人类的忠诚和奉献。

究竟怎样融入大学生活？英国思想家怀特海在一个世纪前就说过："在中学阶段，从智力培养方面来说，学生们一直伏案专心于自己的课业；而在大学里，他们应该站立起来并环顾四周。"[1]学会自己做主是大学生活的前提和归宿。实际上，大学是一个舞台，一个属于你自己的舞台，在这里你既是导演也是主角，精彩的人生节目由你自己主宰。大学为学生提供了设施、条件、资源和平台，人人平等，你面对的是一个自助式的教育环境，要靠自己去设计才能获得良

[1] 引自怀特海（Alfred North Whitehead）《教育的目的》一书。

好的大学教育。在这里，你要学会独立思考、学会规划自我、学会自主学习、学会做自己的老师，要积极主动地去发展自我、完善自我。几年后，你们大都能得到一纸文凭，但对于不同的大学生活，这张文凭的意义和价值却大不相同，其含金量与你积极主动的努力和奋斗成正比。

第一，你要主动历练，形成自己做人的“本真”。

大学校园融入了中学时代的纯真，也融入了天南地北与社会方圆，包罗了世间百态、人间万象。面对种种如灰尘般挥之不去的诱惑，要做到心如止水，不为所动；要注重内心修炼，培养健康人格，坚守做人原则和道德底线；要树立乐观向上的心态，坦然面对生活中的不愉快；要学会感恩，懂得回报；要多一些宽容，少一些愤世嫉俗；要尊重他人，欣赏他人，重情谊，善合作，讲诚信；要知书达理，不卑不亢；要敢于梦想，乐于追求；相信天道酬勤，功不唐捐。不“夸逞功业，炫耀文章”、追名逐利……如此高山仰止，景行行止；虽不能至，然心向往之。

《菜根谭》上说："文章做到极处，无有他奇，只是恰好；人品做到极处，无有他异，只是本然。"本真做人需要的是思想的精深和灵魂的感悟，需要摒弃贪欲和妄想、卸掉面具和伪装、远离时风和世俗，需要崇尚返璞归真，守住心灵的纯朴、自然、厚道和善良；本真是我们做人、做事、做学问最珍贵的品质，只有本真做人，才经得起内心的拷问和时间的检验。健康本真的人格能弥补知识的空白，但丰富的知识却难以填补人格的缺陷。只有做人成功，才能做事成功。

第二，你要主动学习，提高自己学习的"本事"。

大学生应该怎样学习？近代词人王国维做了生动精彩的回答，他说："古今之成大事业、大学问者，必经过三种之境界，'昨夜西风凋碧树，独上高楼，望尽天涯路'此第一境也。'衣带渐宽终不悔，为伊消得人憔悴'此第二境也。'众里寻他千百度，蓦然回首，那人却在，灯火阑珊处'此第三境也。"也就是说，要做好学问、成就一番事业，必须有远大的理想、明确的目标，执着的追求、坚定的自信和坚强的毅力，必须耐得住寂寞与孤独。只有经历过艰苦的努力，无怨无悔的追求，才能收获成功的喜悦，才能实现自己的理想。如果没有勇往直前的牺牲精神，没有坚韧不拔、百折不挠的毅力，没有必胜的自信心，学问是做不好的。

大学生最基本的任务就是学习。你们要立下鸿鹄之志，这是学习的动力所在；要勤奋努力，这是学习的前提；要安于寂寞，这是一种学习的心态；要持之以恒，这是学习的基础。要树立为中华民族崛起而学习的远大理想，并且为了实现理想锲而不舍、持之以恒、矢志不渝；要勤勤恳恳、踏踏实实，不游戏人生，不浪费时光；要淡泊明志，宁静致远，“板凳要坐十年冷，文章不写半句空”；不沽名钓誉、投机取巧、抄袭剽窃；敏而好学，不耻下问。

第三，你要主动尝试，锻炼自己做事的“本领”。

如果在大学只是通过书本学习知识，那是狭隘地接受大学教育，而提高能力和素质是大学教育中更为重要的内容。提高能力和素质的渠道是多种多样的，

学校有学生会、科协等学生组织，还有各级各类学生社团，在保证学习的前提下，你们应该主动把握各种锻炼机会，多参加一些公益服务活动、专业竞赛和文体活动、社会实践和专业实习活动、人际交往和社团活动；也可以结合自己的兴趣爱好和专业，加入导师的科研团队。通过参加这些活动，扩大交友面，认识各类优秀同学，收获真诚的友谊；培养自己的沟通和表达能力、领导和协调能力、实践和创新能力，发挥自身的兴趣特长，拓宽自己的发展视野，增强自己的综合素质，为将来的就业、创业和继续深造奠定基础。

同学们，大学生活是一本书，它的扉页已经揭开，我今天只为你们题写了序言，精彩的篇章还需要你们自己去书写和完成。希望你们在重大的每一天都因收获而快乐，因进步而幸福，让青春的花蕾带着美丽的梦想在这里傲然盛开，祝愿同学们人格健全、内心幸福、学习出彩！

从明天起同学们就要开始军训生活。新生参加军训是重大的光荣传统，你们要严格自律、听从指挥、服从命令，把部队的好思想、好作风学到手，留在学校；你们要尊重教官、虚心学习、刻苦训练、磨砺品质。再过一个月，我们将迎来重庆大学建校85周年，希望你们通过这段时间的刻苦训练，以精彩的汇报表演献礼校庆85周年。

借此机会，我也代表学校向承接我校新生军训任务的部队官兵表示最诚挚的感谢和最崇高的敬意！

预祝本次军训取得圆满成功！

谢谢大家！

建 工

做学问需要怎样的精神品质？

——在重庆大学2014级研究生开学典礼上的讲话

PINGFAN DE SHIJIE
HUI YOU REN DONG NI

2014年9月15日

亲爱的同学们：

大家上午好！

金秋时节，重庆大学又迎来了海内外4700名研究生新同学。首先，我代表学校全体师生员工对你们选择重大继续深造学习表示热烈的欢迎，也祝贺你们从今天起又一次开启了人生新的篇章，研究、探索和创新将成为你们校园生活新的主题。

研究生教育作为高等教育的重要组成部分，是衡量一个国家高等教育水平以及科技、经济、文化发展水平与前景的重要标志，发展研究生教育已成为世界各国创新驱动发展和提高国际竞争力的战略选择。美国把研究生教育体系作为国家的一项战略资源，其创新能力和全球竞争力很大程度上依赖于强大的研究生教育体系；欧洲各国借助于“博洛尼亚进程”，致力于推动欧洲教育一体化背景下的研究生教育改革；日本出台了《研究生教育振兴施策纲要》；我国作为发展中国家，更是高度重视研究生教育的综合改革与发展，把研究生教育作为培养高层次创新人才的重要途径和国家创新体系的重要组成部分。研究生教育也是研究型大学的重要标志，研究生教育在研究型大学人才培养中具有重要地位。强调教育教学与学术研究并重，培养高层次创新性人才和产出高水平科研成果是研究型大学的主要特征。重庆大学始终将研究生尤其是博士生教育摆在突出地位，形成了比较好的办学基础。八十五年前，为造福桑梓、拯救国难，一批海外留学归国的学者和本地社会贤达，借鉴世界先进大学办学经验，于1929年创办了重庆大学。早在20世纪40年代，重庆大学就已发展成为一所拥有理、工、文、商、法、医等6个学院，学科门类齐全的国立综合性大学，为学校的发展奠定了优良的办学传统和深厚的学科发展积淀。重庆大学研究生教育始于1948年，当年我校著名教授柯召、张洪沅、冯简招收11名研究生开创了重庆大学研究生教育的先河。改革开放后，重庆大学成为我国首批能授予博士和硕士学位的单位。2000年，重庆大学获批成立研究生院，我校研究生教育进入了一个新的发展时期。目前，我校研究生规模已达到2万人。随着研究生规模的扩大，学校坚持以“服务需求、提升质量”为主线，全面推进研究生教育综合改革，不断提升研究生培养质量和毕业生社会满意度，逐步实现了发展方式、类型结构、培养模式、评价方式的转变；特别是在调整优化结构、采取综合措施提高生源质量、加强研究生课程体系和实习实训基地建设、构建学术型和专业型研究生分类培养机制和创新研究生教育质量评价方法等方面做出了卓有成效的探索，走在了全国高校的前列，成为首批教育部专业学位研究生教育综合改革试点单位。

“研究生”顾名思义就是做研究的学生，学术研究、做学问是你们的主要任务。但我不得不说，做学问是一个艰苦的创造性的过程，寒窗油灯之下、凉椅陋桌之上需要有一种精神的支撑。

首先，需要有创新精神。学术研究贵在创新，创新就意味着突破和领先，不创新就意味落后。最近几天，iPhone 6首发的新闻估计对国人有所“刺痛”，尤其让“果粉”们伤心欲绝。一方面，位于中国内地的苹果代工厂正在抓紧加工出货并运往芝加哥；另一方面，苹果公司公布的上市国家和地区并无中国大陆[1]。虽然我们并不明白这是苹果公司的市场策略还是入网许可问题，除了免不了有一丝“为谁辛苦为谁忙”的伤感外，也让我们再次明白，想要自主市场，必须自主创新，想要自主创新，必须要有高层次的创新型人才。历史的教训和现实的竞争告诉我们，创新是民族进步的灵魂，自主创新是国家独立自主的前提。可以说，在座的各位研究生应该成为国家创新力量的生力军和后备军，肩负了未来建设创新型国家的重任，代表了国家未来创新体系的中坚力量。你们强，则创新强；创新

[1] 苹果公司的供应商及工厂90%设在中国，但苹果公司于2014年9月9日推出最新款iPhone 6手机时，在首批上市国家和地区中，不包括中国大陆。

强，则国家强！你们责任重大、使命光荣，创新的希望寄托在你们身上！

第二，需要有刻苦钻研精神。马克思说过，“在科学上没有平坦的大道，只有不畏劳苦沿着陡峭山路攀登的人，才有希望达到光辉的顶点”。古人悬梁刺股、凿壁偷光、囊萤映雪、负薪挂角的故事，都向我们说明了做学问需要有刻苦钻研精神。做学问要持之以恒。无论做什么研究，绝不是走马观花、浅尝辄止就能得到结果、取得成功的，都需要有一个艰苦探索的过程，达尔文、门捷列夫等大科学家都是苦心钻研几十年，坚韧不拔、锲而不舍，才取得了令人瞩目的成就。涓滴之水终究可以穿石，不是由于它力量强大，而是由于昼夜不停地滴坠。其实，失败距离成功只差一步，也许再走一步，失败就变成成功了。做学问需要点滴积累。荀子云：“不积跬步，无以至千里；不积小流，无以成江海。”做学问必须有一个日积月累、循序渐进的过程，不能奢望一口吃个胖子，一夜成为大学者、大专家。日积月累，才能厚积薄发，水滴石穿。做学问也像蜜蜂采蜜一样，据有关专家说，蜜蜂酿造一公斤蜜，必须在100万朵花上采集花粉。也就是说，只有“读书破万卷”，才能“下笔如有神”。做学问要专心致志。术业有专攻，学术贵在专一。有学者说，“做学问，就像战场上拼杀一样，要义无反顾”。因此，做学问不能三心二意、朝秦暮楚；一日曝十日寒，则读百年书，也难成大器。要一门深入，长期熏修；要明确方向，集中精力，几十年如一日，坐住冷板凳，下些笨功夫。碰到问题，不要退缩，咬定青山不放松，像螺丝钉一样，钉进去，钻到底。做学问不能投机取巧。要循序渐进，力戒心浮气躁，急于求成。抄袭、剽窃他人成果，伪造实验数据，是学术研究的大忌。研究上的挫折和失败是可以理解和宽容的，而学术上的不端行为是不能容忍的。有些人寻觅做学问的捷径，投机取巧，最终都是“偷鸡不成蚀把米”，“机关算尽太聪明，反算了卿卿性命”。这类教训太多、太深刻了，希望同学们本着严谨治学的态度，坚决抵制学术不端行为，遵循学校制定的学术道德规范，发扬重大的优良学风，用自己刻苦钻研、辛勤劳动的成果，去恪守自己的学者本分，捍卫自己的学术尊严和学校的声誉。

第三，需要有批判精神。创新离不开批判，批判是创新的源头活水。科技史上数以万计的发明创造，都离不开科学家的批判精神。在19世纪末，物理学家们普遍认为，物理学已经发展到顶峰，伟大的发现不会再有。然而，伦琴射线的发现，居里夫妇的镭放射性发现，使物理学发生了巨大的革命。如果没有哥白尼的批判精神，自然科学就不会从神学中解放出来；如果没有费尔巴哈的批判精神，就没有对黑格尔哲学的扬弃，马克思主义也就难以登场。人类正是在批判中，突破了一个又一个禁区，才从“必然王国”走向了“自由王国”。类似的例子，在学术史上不胜枚举。在创造性活动中，批判性精神是不可缺少的因素，它包括求真、质疑、自信和好奇等；但批判精神的存在，需要思想、人格和精神的独立。研究生要努力培养自己独立思考、敢于怀疑的胆略，寻根究底的好奇心和舍我其谁的自信心，不畏惧权威、不唯书、不唯上、不唯洋、只唯真、只唯实的科学精神；不要因循守旧、思想懒惰、唯命是从、人云亦云、固执偏见、独断专行。其实，进步道路上的绊脚石，是不容许怀疑的传统。爱因斯坦也说："提出一个问题往往比解决一个问题更重要。"做研究工作，不要迷信已有的结论，要善于发现问题，敢于提出问题，敢于拓展新的研究领域和视角，敢于对前人的观点、结论、方法等提出质疑并予以修正。查阅文献时，不要做文献的"奴隶"，不要被文献的观点牵着鼻子跑，不要受现有结论所束缚。当然，批判精神不仅是对他人或外界保留怀疑和提问，也要对自己的观点、结论进行科学的审视、剖析和论证，努力改善和提高自己的思维素质，掌握科学的创新方法。在学术争论中，也要尊重他人的权利和人格，平等地对待批评和被批评。

同学们，尽管研究之路艰辛坎坷，创新之路任重道远，但作为有追求、有梦想的新一代知识分子，由"中国制造"实现"中国创造"的重任我们必须承载，这也正是我们人生的价值所在。研究生学习阶段，是人生中最灿烂、最耀眼的一幕。你们能够进入学术的圣殿，攀登思想和科学的巅峰，窥探人类和宇宙的奥妙，在研究中探究真理，在探索中发现真实，在创新中领悟真谛，这不仅是对前十几年学习的提升，更是对整个人生的升华。我衷心祝愿你们青春无悔！

谢谢大家！

传承重大精神，梦想扬帆启程

——在重庆大学 2013 级本科生开学典礼上的讲话

PINGFAN DE SHIJIE
HUI YOU REN DONG NI

2013年9月9日

亲爱的2013级全体新同学：

大家上午好！

歌乐巍巍，缙云婀娜，虎溪悠悠。在这两山环抱的虎溪河畔，隽秀美丽的重大校园又迎来了7000名新同学。我谨代表学校全体教职员工和在校老生对你们的到来表示热烈的欢迎，祝贺你们成为新一代的重大人！

从今天开始，你们正式踏上了实现远大抱负的人生旅程。在这里，你们将度过生命里最为难忘的恬静岁月，领悟受用终身的知识与本领，也将收获人生中最为珍贵的挚友真情。从此，美丽山城注定成为你未来甚或此生都挥之不去的惦念。暑假前，大概就在你们高考后决定填报重庆大学志愿的时候，我也非常幸运地从兰州大学调到重庆大学工作[1]，你们是我在重大迎来的第一届新生，今生我和你们注定有缘。也正因为如此，今天我跟你们心情一样，十分高兴，无比激动。高兴的是，“We are all freshmen！”激动的是，我将和你们这些风华正茂、活力四射的年轻人共同努力去创造重庆大学美好的明天。和你们在一起，我会变得年轻、快乐！感谢你们选择了重大！

作为一位就任不久的重大校长或者刚刚跨进校园的新生，让我们一起来感受重大。当我们走进重大校园时，那历史中光辉的痕迹若隐若现，弥漫在校园的各个角落，一股历史的厚重气息扑面而来，油然而生的是肃穆和敬畏，是由衷的赞叹！

重大是一所有历史的大学。1929年，在救国图存的时代呼唤中，重大应运而生。“学府宏开，济济隆隆”[2]。建校后，广大师生不畏艰辛，在困难曲折中

[1] 周绪红于2006年5月—2013年6月任兰州大学校长，2013年6月—2017年12月任重庆大学校长。

[2] 引自《重庆大学校歌》。“学府宏开，济济隆隆”指重庆大学的开办规模宏大、气势隆重。

推进学校建设发展。早在20世纪40年代，重大就发展成为拥有文、理、工、商、法、医等6个学院的综合性大学，是当时中国学科门类最齐全、综合实力最雄厚的十大杰出国立大学之一。著名经济学家马寅初、地质学家李四光、数学家何鲁和柯召、无线电专家冯简、国学大师及诗人吴宓、美术教育家吴冠中等一大批著名学者曾在学校执教，可谓大师云集、盛名中外。从中华人民共和国成立到1979年，学校虽遇坎坷，但依旧前行。经过1952年全国院系调整，重庆大学成为教育部直属，以机、电、动、采、冶等工学学科为主的多科性大学，1960年被确定为全国重点大学。改革开放以来，学校大力发展人文、经管、艺术、教育等学科专业，促进了多学科协调发展。改革开放以来的三十余年，学校抢抓机遇，快速发展。1996年首批进入国家“211工程”重点建设高校行列，2000年5月，原重庆大学与同是全国重点大学并拥有一批优势特色学科的重庆建筑大学，以及重庆建筑高等专科学校合并组建成新的重庆大学，重庆大学的历史又翻开了崭新的一页。2000年10月，重庆大学成立研究生院，标志着重庆大学的学位与研究生教育事业进入了一个新的发展时期。2001年成为国家“985工程”重点建设高校。今天的重庆大学，迈出了国际化的开放办学步伐，正朝着有特色、高水平大学的目标迈进。

重大是一所有梦想的大学。“建完备弘深之大学”[1]是自重庆大学成立之日起就不懈追求的梦想，为梦想我们不曾止步。今天的重大作为中国高等教育在西南的战略要地，依托国家“985工程”的战略优势、重庆直辖市的地域优势，确立以提高质量为核心的内涵式发展道路，提出建设有特色、高水平大学的目标，加快建设中国特色社会主义现代大学制度，构建人才培养、科学研究、社会服务和文化传承创新四大功能相互支撑的格局，在追逐梦想的道路上正阔步前行。

重大是一所有理念的大学。建校伊始，一批留学归国的创办者就借鉴世界近代大学的先进模式，开办

[1] 引自《重庆大学筹备会成立宣言》。

院系、设计组织、延聘师资，并且卓有远见地发布了《重庆大学筹备会成立宣言》和《重庆大学宣言》，前瞻未来地提出了“研究学术、造就人才、佑启乡邦、振导社会”的现代大学办学理念，蕴含着优秀的办学传统。令我们后人感慨、敬重不已，唯有只争朝夕，唯恐有辱使命！

重庆大学始终坚持育人为本，先后为国家和社会培养了20余万名高素质专门人才，历届毕业生已成为祖国建设各条战线的中坚力量。我们可以自豪地说：“哪里有建设，哪里就有重大人；哪里有工业，哪里就有重大人。”历代重大人始终以科教兴国为己任，绘就了一幅幅艰苦创业、勇攀高峰的图强画卷，为新中国科学技术进步做出了重要贡献。重大始终坚持“扎根重庆，立足西南，面向西部，服务全国，走向世界”的办学方针，从服务地方经济社会发展的需要出发，及时调整学科专业布局，为国家和重庆市的经济、社会发展、生态文明建设做出了突出贡献。重大始终站在中国高等教育的前列，责无旁贷地肩负起建设有特色、高水平大学的历史使命，享有“嘉陵与长江相汇而生重庆，人文与科学相济而衍重大”的美誉。

重大是一所有精神的大学。回溯重大的发展史，就是一部坚忍、执着、顽强的奋进史。在那风雨飘摇的年代，重庆大学的诞生举步维艰，其经费就是通过征收农民“猪肉税”[1]的办法来解决的；在随后的办学历程中，历战火纷飞，经院系调整，曾濒临解散，一波三折，置之死地而后生。在抗战年代，重庆大学与国家、民族同患难，挥起铁拳，捍卫河山，是西南地区抗战救亡的重要阵地。“七七事变”后，中国大片国土沦陷于日寇铁蹄之下。为了分析抗战形势，树立起抗战必胜的信心，身在西南一隅的重大学子两次邀请周恩来专门到重大作形势演讲。在当时的战乱环境里，患难之中的重庆大学以宽大的胸怀毅然向内迁至重庆的中央大学、南开大学、东南大学等诸多知名大学的师生伸出了慷慨的双手，提供土地、

[1] 重庆大学创办之初，国民革命军第21军军长兼四川省政府主席的刘湘兼任重庆大学第一任校长。为解决办学经费困难，刘湘决定在猪肉税中增加附加税一角，预计一年可以收入15万元用于办学，解了当时创办重庆大学的燃眉之急。

搭建校舍支持其办学。重庆大学诞生在光荣的土地上，融抗战精神、红岩精神于一体，经历了战争的考验、牺牲过红岩志士、生长出无数的文才义胆。在民族独立与解放的革命斗争中，重庆大学刘国鋕[1]等一批进步师生英勇献身，用生命铸就了永恒的红岩精神。新中国成立后，重庆大学始终与国家同呼吸、共命运，与时代同前进。特别是改革开放以来，重庆大学以敢为人先的精神，大胆改革，不断实践，始终站在高等教育改革的前列，赢得了学校发展中的每一次重大机遇，发展成为国家高等教育格局中具有重要战略地位的一所大学。

八十多年栉风沐雨、励精图治，只要有希望，重大人就不曾让机遇错失；代代重大人踔厉前行、滋兰树蕙，锤炼出“耐劳苦、尚俭朴、勤学业、爱国家”[2]的重大精神。重庆大学的这十二个字，朴素无华，低调

[1] 刘国鋕（1921—1949），亦作刘国志，四川泸州人，红色经典小说《红岩》中刘思扬的原型。1947年地下党组织建立沙磁特支，刘国鋕任书记，具体领导重庆大学和沙磁区的革命斗争。

[2] “耐劳苦、尚俭朴、勤学业、爱国家”：重庆大学校训。

务实，历经八十多年，如精神图腾般激励和影响着一代代重大人，成为重大精神文化的标志和根源。有人曾认为它“过时了”，而在我看来，其内涵历久弥新。

“耐劳苦”是做人、做事的前提。孟子有云“天将降大任于斯人也，必先苦其心志，劳其筋骨”。对于当今的你们而言，已没有太重的“筋骨之劳”，但在这个深刻变革、多元文化错综并呈、功利主义容易滋生浮躁的时代，比“劳其筋骨”更加考验你们的是“苦其心志”。大学生活固然五彩斑斓，但背后也潜伏着各种诱惑。“耐劳苦”，就是要求你们在大学里砥砺心志，使其更加成熟。“成熟”不是精神早衰，也不是世故圆滑，而是对自我成长的担当，对理想追求的执着，对外界诱惑的免疫。大学绝不是挤过独木桥后的休憩地，而应该成为你们策马扬鞭、继续前行的新起点。

“尚俭朴”是一种生活的格调。诸葛亮曰“夫君子之行，静以修身，俭以养德，非淡泊无以明志，非宁静无以致远”。“俭朴”不仅在于生活节俭，更在于内心的宁静淡泊。“尚俭朴”，就是要求你们为人朴实，摒弃急功近利，不媚投机钻营，坚守诚信为本。“尚俭朴”，还希望你们志存高远，多一份理想主义情怀，有“望尽天涯路”的崇高追求，能耐得住“昨夜西风凋碧树”的清冷和“独上高楼”的寂寞，集中精力、静下心来读书。

“勤学业”是做学问的方法。韩愈言“业精于勤，荒于嬉，毁于随”。大学四年犹如白驹过隙、稍纵即逝，你们应该珍惜时光，珍惜这来之不易的学习机会，充分利用好学校优越环境多学习。不仅要学习知识本身，更要学习获取知识的能力；不仅要学好专业，而且要提高素养；不仅要学习理论，而且要学会实践；不仅要学习书本，而且要学习社会；不仅要向老师学习，还要向身边的同学学习；不仅要学会接受知识，还要学习创造知识。总之，在这里要学会做人，学会做事，学会创新。

“爱国家”是做人的根本。梁启超先生讲“天下兴亡，匹夫有责”。作为一名现代大学生，“独善其身”有失担当，“兼济天下”才是应有的胸怀。“爱国家”，就是要求你们培养一个大气的自己，做一名有社会责任感的人，热爱自己的国家、人民和文化，关心我们的时代和世界格局的变化。“中华民族伟大复兴”的历史机遇即将与你们这代人迎面相遇，时代赋予你们的使命，责无旁贷，这空前的事业需要你们年轻人的创造力和社会担当。

重庆大学从她一诞生开始，就焕发出振兴中华，匹夫有责的爱国精神，崇尚学术、追求真理的科学精神，勤俭办学、吃苦耐劳的奋斗精神，锐意改革、勇于创新的时代精神。正因为重大人有了这样的精神品质，从这里才走出了全国人大常委会副委员长向巴平措等大批政界要员，深受学生崇敬的中国工程院院士黄尚廉、杨士中、鲜学福、孙才新等大批学术大师，民族企业为之骄傲的华为集团董事长任正非等大批业界精英，“嫦娥工程”系统总指挥李尚福等大批技术骨干，还有著名词作家阎肃、国学大师王利器等文艺大家。他们和你们一样，都是重大人！

前天，我在迎新工作现场时，有几个学生记者采

访我同一问题：“新生入学，您作为校长最想给同学们说的一句话是什么？”我今天在这里告诉大家，我最想对大家说的就是，希望你们了解重大，热爱重大，好好学习，珍惜时光，用自己的青春去续写重大的辉煌，用精彩的人生去折射重大精神的七彩光芒！

从明天开始，同学们就要开始军训生活。新生参加军训也是重大的光荣传统，你们要严格自律、听从指挥、服从命令，把部队的好思想、好作风留在学校；你们要尊重教官、虚心学习、刻苦训练、磨砺品质。在这里，我也代表学校全体师生员工向此次承接我校新生军训任务的部队官兵表示衷心的感谢和崇高的敬意！预祝本次军训圆满成功！

谢谢大家！

怎样做学问？

——在重庆大学2013级研究生开学典礼上的讲话

PINGFAN DE SHIJIE
HUI YOU REN DONG NI

2013年9月6日

亲爱的研究生新同学们：

大家上午好！

首先，我代表学校全体师生对你们选择重庆大学继续深造学习表示热烈的欢迎，也祝贺你们从今天起正式踏上了学术生涯的光荣征程。

重庆大学是一所有84年办学历史的大学，其研究生教育始于1948年，当年我校著名教授柯召、张洪沅、冯简招收11名研究生开创了重庆大学研究生教育事业的先河。改革开放后，重庆大学成为我国首批能够授予博士学位和硕士学位的单位之一。2000年6月，教育部批准重大试办研究生院，从此重庆大学的研究生教育进入了一个新的跨越发展时期，目前在校研究生规模已达到18500余人。近年来，重庆大学的研究生教育坚持走以提高培养质量为核心的内涵式发展道路，从稳定规模、调整结构、提高生源质量、加大奖助力度、加强培养过程管理、健全导师责任机制、建立培养质量监控体系等方面进行了一系列的改革，特别是在学术型和专业型研究生分类培养、打造专业学位研究生教育品牌上进行了卓有成效的探索，在培养适应和驾驭未来、具有国际竞争力的高层次人才方面独具特色。这一系列的改革都将直接惠及在座各位同学，为同学们的成长成才创造了良好条件和提供了和谐氛围。

在座各位同学都是各个大学优秀的毕业生，通过前阶段的学习，已经具备了一定的专业素养和独立思考、学习研究的能力，为今后几年研究生阶段的学习打下了良好的基础。研究生教育是培养学生科学素养和研究能力的高层次教育，研究生与大学生最大的区别在于，大学生主要是接受学问、接受知识；而研究生，顾名思义就是做研究的学生，不管是硕士生还是博士生都应该而且被要求通过科学研究创造新的知识。在美国博士学位证书的封面上用拉丁文写着这样一句话："恭喜你对人类的知识有所创新，特授予你学位。"所以，由接受知识到创造知识，是作为一名研究生的最大转变。

既然要求创造知识，那么"创新"就成为研究生教育最核心的主题。对于创新能力的提高，学校的培养是一方面，同学们自我要求和自我锻炼也是至关重要的。前者是外界条件，后者是内生动力，以我多年从事科研和指导研究生的经验来看，后者更加重要。同学们如何适应由接受知识到创造知识的转变？今天借这个机会，我想结合自己从事学术研究的一点体会，与你们分享几点建议。

一是要珍惜时光。珍惜时光会使你的生命变得更有价值。诺贝尔经济学奖获得者纳什（John Forbes Nash）22岁时完成了他的"非合作对策"博士论文，奠定了对策论的数学基础；诺贝尔生理学或医学奖获得者沃森（James Dewey Watson）25岁时发现了DNA双螺旋结构；人工智能之父图灵（Alan Mathison Turing）24

岁时奠定了今日计算机的理论基础。同学们，从历史上这些科技伟人做出最大贡献的年龄来看，你们这个年龄不仅是学习的年龄，而且是可以有所创造的年龄。你们正处于人一生中精力最充沛、思维最活跃、最具创造力的时期，并且处于一个优越的生活和学习环境里，理应珍惜美好时光，珍惜这来之不易的深造机会，有所创造、有所成就。抛弃时间的人，时间就会抛弃你；莫等闲，白了少年头，空悲切！我相信，你们在研究生阶段获取的知识、形成的学习方法，将有益于你们未来取得杰出的成就，受用终身。

二是要集中精力。凡事聚精会神，方有所成。研究生阶段不再是对各种新奇有趣知识的“全盘接收”，而要学会有意识地向纵深“开发”自己，在导师的指导下选准自己的研究方向，精诚专一，深入探讨，才能学有成就。“深入”是创新的必然要求，选修课程、查阅文献、调研实践、试验研究等各个环节都应该有一个关注的焦点，而不能再像大学阶段那般“漫无边际”。这就像放大镜一样，只有把分散的阳光集中起来，才能燃起熊熊的火焰。没有确定的方向，朝三暮四或者三心二意，则将一事无成。也就是说，要集中精力、沉下心来做学问。但这是一个艰辛困苦的过程，需要坚强的毅力和过人的勇气，必须吃得了苦，耐得了寂寞。我们要仔细体味重大在创办之初就提出的“耐劳苦、尚俭朴、勤学业、爱国家”的校训，它推崇朴实无华、脚踏实地，在当今稍显浮华功利的社会环境下，显得尤为珍贵。马克思也说过：“在科学上没有平坦的大道，只有不畏劳苦沿着陡峭山路攀登的人，才有希望达到光辉的顶点。”

三是要严谨治学。严谨治学是每一位研究生必须具备的学术品质。学术诚信已成为当今社会关注的重要话题，已严重影响到学术的公信力。“专家”称谓沦为大众的调侃和笑谈，不能不说是学术界的悲哀。今后，大家可能手握图纸成为一名设计师，或者手握试管成为一名分析师，或者手握法槌成为一名法官，或者手握话筒成为一名公众人物……无论你做什么，请记住你的一言一行诚信与否，都可能成为时代正反两个方向的推手。没有诚信，你将失去尊严。诚信意识从何而来，要从学习阶段的严谨治学开始做起。以严谨的态度对待科学研究，用真实的数据反映科学过程，坚持实事求是的科研作风。任何违背科研伦理的人，都要为此付出沉重的代价。大家务必要有严谨认真的科学态度和高度的责任感，恪守科学道德和学术规范，自觉维护健康的学术环境。

四是要团结协作。团结协作是我们科研事业兴旺发达的重要基础。每个人的知识和能力是有限的，任何人都不可能在绝对意义上"全面"发展。我们不是传统的农民，从播种到收获，单枪匹马。我们就像漂流的鲁滨逊一样，只有同别人在一起，才能完成许多事业。散兵游勇、单干户、父子兵、小作坊的研究方式，无法承担国家重大科研项目，难以培养"将才""帅才"和大批人才，难以提高科技创新能力和形成竞争实力。我们要在"实验室团队""导师团队"的训练中，学会合作与竞争，学会服从与领导，处理好个人与导师、个人兴趣与团队方向的关系，培养团队协作意识，学会与导师和同学们共同成长。我们要养成良好的心理素质，调节好各方面的压力，以健康的心态面对可能遇到的挑战。

同学们，在多数同龄人都已开始在社会上积累经验、开创事业的时候，你们却甘于清贫，选择在重大继续深造，显示了你们不甘平凡、追求卓越的决心。我相信，有重大的培养再加上你们个人的努力，你们一定不会辜负这份决心，必定会为自己今后更好地施展才华、实现人生价值、回报国家获得更宽阔的舞台。

最后，祝愿大家在重庆大学学习、生活愉快，学有所成！

谢谢大家！

后 记

POSTSCRIPT

“我们都是平凡人，因为我们都来自‘平凡的世界’；但我们都可以成功，只要我们在自己的世界里尽力去奋斗，把身边每一件平凡的事做好，你就是成功的人！尽管你身处平凡，但在平凡的世界里一定会有人懂你！”周绪红校长传递的价值观，是希望年轻人能在平凡的世界中找到自我，是希望这个时代能有更多人懂得平凡人生的价值。

曾几何时，说起大学生，人们最喜欢用“天之骄子”来形容。但是，社会不是象牙塔，每个人都必须跟着时代车轮滚滚向前。在今天，社会分工更为多样，社会文化更加多元，社会矛盾也更加复杂，每个年轻人都在面对着种种机会，也在面临着种种挑战，而人生是有长度的，从某种意义讲，踏入社会只是一个起点。如果不能清晰地找准自己的定位，不能在仰望星空的时候将双脚坚实踩在大地之上，那么，在人生征途上就很可能辜负这个时代赋予的机遇。

诚如路遥在《平凡的世界》里所说，“每个人的生活同样也是一个世界。即使最平凡的人，也得要为他那个世界的存在而战斗”。路遥笔下的年代，是上世纪70年代中期至80年代中期，那是一个历史转型的震荡年代，长期的物质匮乏在人们心中植入了深刻的饥饿感，而土地所有制改革让年轻人看到梦想，相信平凡的人生也可以实现自我价值。“平凡的世界”传递的积极向上价值观，极大地激励了一代人。

现在，年轻人又处于一个新的历史转型期。随着中国经济社会的各项改革不断推进，接下来还将继续涉深水过险滩，不断进行完善。可以说，改革关联着包括年轻人在内每个人的命运。对于刚刚踏入社会的年轻人来说，丰满的理想现在依然可能会遭遇骨感的现实，毕竟，在现实中，权力寻租、资本无良、社会不公、人性沦丧、道德滑坡等问题，依然还会在一定领域内存在着，需要通过彻底改革来荡涤清洗。在这样的时间节点，就特别需要年轻人能够守望“平凡的世界”，在平凡的人生中去最大程度实现自我价值，以更加积极的姿态去为社会贡献更多的力量。

事实上，这些年，中国经济社会各项事业取得的成功，一个重大的力量来源，也就是平凡的普通人。有太多的道德模范、最美人物、感动人物，他们日子过得很普通，工作在平凡的岗位上，但是，他们不是在抱怨世态炎凉，而是在积极主动寻求改变，融入这个时代，给别人带来温暖，传递向善的力量。而在强调大众创业、万众创新的今天，很多创业者之所以能够取得成功，说到底，也不过就是经得起平凡，才挣得回体面。

在平凡的世界里一定可以实现自我价值，在平凡的世界里一定会有人懂你。对个体来说，只有懂得正视平凡的生活，才能拥有更加美好的人生；对社会来说，只有懂得守望平凡的价值，才能真正前途无量；对国家来说，只有善待平凡的人生，才能迎来更加伟大的时代。因为在平凡的世界里，蕴蓄着助推改革的强大时代力量。

（节选自2015年6月29日重庆日报评论员文章《平凡的世界蕴蓄着时代力量》）